01 1988년 부인 한경재 여사와 제주도에서.

02 1990년 인사동 찻집 '귀천'에서. '귀천'은 천상병의 부인 목순옥 씨가 경영하던 곳이다.

03 1991년 제6회 만해문학상 시상식에서. 왼쪽부터 고은, 구중서, 시인 내외, 신경림, 백낙청.

04 1991년 만해문학상 시상식에서 신경림, 황명걸과 함께.

05 1994년 민족문학작가회의 창립 20주년 기념식장에서. 왼쪽부터 김준태, 시인, 양정자, 김영무.

06 1994년 밀양에서 열린 '민족문학 시 낭송회'에서 개회사를 하는 모습.

07 1996년 이성선 시집 출간기념회에서. 왼쪽부터 이가림, 이성선, 시인, 조병화, 유경환.

08 1996년 '문학의 해' 기념 문학인 독도 방문 행사 때 배 위에서 친구들과. 왼쪽부터 시인, 강계순,
이중, 강민.

09 1997년 삼천포 대방진 굴항에서. 왼쪽부터 황명걸, 조정애, 시인, 신경림, 박영현.

10 2001년 포항에서 열린 '영호남문학인대회'에서 여러 벗들과 함께. 왼쪽부터 이인휘, 강형철,
    시인, 현기영, 이승철.

11 2004년 강원도 철원, 상허 이태준 선생의 문학비 제막식장에서 소회를 밝히는 시인.

12 2004년 이태준 선생의 문학비 앞에서. 이날 전국에서 많은 문인들이 모였다. 맨 오른쪽이 시인.

13 2008년 서울 일본문화원에서 열린 한일 시인 세미나에서. 왼쪽에서 네번째가 시인.

14 2009년 바이깔 호반의 전원도시 이르꾸쯔끄 공원에서 가슴에 훈장을 단 러시아 제대군인들과 함께. 시인 오른쪽은 박완서.

민영

시
전
집

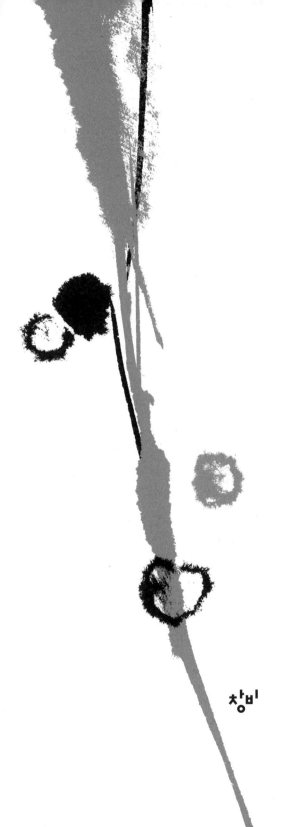

민
영
시
전
집

閔
暎

창비

전쟁의 소용돌이 속에서

내가 시를 쓰기 시작한 것은 우리나라가 전쟁의 소용돌이에 휘말려서 사람들이 모두 경상도나 전라도 같은 남쪽으로 피란을 가던 1950년 6월 이후의 일이다. 아직 습작의 범위를 벗어나지 못한 가냘픈 작품이지만 그중의 하나인 「童願」은 1957년에 미당 서정주 선생이 『현대문학』 7월호에 추천하여 실어주신 작품이다. 책이 나온 다음 인사를 드리려고 마포구 공덕동에 있는 선생님 댁을 찾아갔을 때 고된 노동으로 초췌해진 내 모습을 보고 이렇게 말씀하셨다.

"자네의 눈에는 시의 빛이 내비치고 있네. 쉬지 말고 끊임없이 노력하시게."

이번에 시전집을 내려고 손꼽아 헤아려보니 그때가 꼭 육십년 전의 일이다. 그동안 나는 아홉권의 시집과 한권의 시선집을 냈으며, 다른 시인의 시를 평한 평론집도 한권 냈다. 결코 많다고는

할 수 없으나 전쟁 때문에 배우지도 못하고 오직 자신의 노력과
재능만으로 쓴 글이기에 지금도 가슴이 두근거린다. 독자 여러
분이 차분하게 읽어주기만을 바란다.

2017년 5월 3일 부처님 오신 날에
민영

일러두기

1. 『斷章』(유진문화사 1972) 이후 단행본 시집을 간행연도순으로 수록하고 미간
   행 시는 마지막에 실었다. 작품 수록 순서는 단행본 시집의 것을 따르되 같은
   작품집 안에서 일부 순서를 조정하였다.
2. 한 작품이 이후 시집에 재수록된 경우 처음 출간된 시집에 한번만 수록하였
   다. 이후에 개작된 시는 그 내용을 반영하여 실었다.
3. 한자는 한글로 표기하되 필요한 경우 저자와의 협의를 거쳐 한자 그대로 두
   었다.
4. 외래어는 현지 발음에 준하여 표기하되 일부는 관용을 따랐다.

차
례

엉겅퀴꽃

바람 부는 날

새벽에 눈을 뜨면
가야 할 곳이 있다

미간 시편

斷章

유진문화사
1972

가을 빗소리

마음속에 시름이 싯든 이라면
한밤중에 내리는 가을 빗소릴
속절없이 들어버리진 못할 거여요.

시궁 위에 떨어지는 낙숫물 소린
소매 끝에 아롱아롱 석류빛 구슬
쨍, 하고 깨어지는 외마디 소리!

짝 잃은 홀아비새 비 맞고 울듯
비비비 스슬피 내리는 소릴
잠 이루듯 잊어버리진 못할 거여요.

첫눈

오게, 누이여
시방 하늘은 수묵빛
그 어두운 바람결에
흰 눈송이도 쌓여 내리네.

그렇네, 사랑이란
결국은 그런 것,
아무 말 말고
아무 말도 말고,

몇 구만린지
저 어지러운 하늘길을 더듬어
이제야 땅으로 내리는 흰 눈송이와도 같이
오게, 어서 오게!

石場에서

이느날인가, 이 목숨 다하는 날
저 의젓한 빗돌 아래
호젓이 묻히리라는 것은
얼마나 하늘다운 기쁨일까.

봄이면 봄마다 꽃잎은 피고
서러운 가을이면 꽃 지는 것을……
북망의 자락에는 억새꽃 바람
늙은 석수는 돌을 가는데,

참, 돌로 돌을 갈듯 마음을 가는 나도
먼 후 어느날엔 돌몸으로 돌아가
저 싱그러운 햇빛 아래 누우리란
아, 얼마나 가슴 설렐 일일까!

죽어가는 이들에게

들려주고 싶은 노래

떠나가는 구름에게
무엇을 실어줄까?
꺼져가는 이슬에게
무엇을 비쳐줄까?

죽음이란 주막집
큰 마루방 같아서
길 가는 나그네는
모두 쉬어가는 데……

서러워도 서러워
부여잡고 말릴 길 없는
때 져 가는 이들에게
무엇을 들려줄까!

밤사람

밤이면 밤마다
오시는 님은
심심산천의
백도라지꽃.

호박빛 보드라운
고운 살결은
달빛이 어리면
눈부신 錦衣!

눈이사 감을수록
환히 보이시고
마음문 닫을수록
오롯이 자리하시는

여울 위에 반짝이는
노을빛 구름
밤마다 꿈에 뵈는
그 님 고와라.

봄비

비
내리는구나……
비
내리는구나……

가슴팍에 피 얼은
마놋빛 사랑
가슴팍에 기절한
캄캄한 밤을

雨水날 풀려가는
강물처럼
번쩍이며 떠나가는
얼음장처럼

달 아래 배꽃 송이
흰 계집애야
네 눈썹에 이슬 달듯
비 내리는구나!

밤길

이슬 내리듯
파아란 별빛
머리카락 촉촉이
젖어내려도

좁다라이 좁다라이
뻗어난 길을
시름없이 물 흐르듯
가고만 싶네.

어렴풋이 흔들리는
나무 그림자
뽀오얀 달빛 그늘
달맞이꽃잎.

아득히 아득히
굽이진 길을
하염없이 구름 가듯
떠나고 싶네!

이승과 저승

언제부턴가,
水晶으로 빛나는 별빛 한점을
내 저승의 모습이라고 생각했네.
불꽃으로 파열하는 석류씨처럼

그 별이 떨어질 때, 비로소 나는
오랜 나그넷길에 지친 몸을
호롱불 아른거리는 주막집 마루방에
누이리라 생각했네.

그 언제부턴가,
바닷가 가파른 벼랑 위에 핀
진보랏빛 도라지꽃 한송이를
되살아난 내 이승의 모습이라 생각했네.

머리카락 날리는 바닷바람은
꽃대궁을 흔드는 새벽 찬 바람
서녘으로 떠나가는 구름발처럼
海燕의 울음 따라 떠나가려네.

童願

오디나무 밑동에
오디가 익을 한철을 살믄
얼굴에는 고운
오디꽃이 핀다는데……

황토재 마루턱에
삼복더위를 지내믄
온몸에는 구수한
흙내음이 배인다는데……

윗마을 새악시
사당패 사내에게 받은
일곱냥짜리 반지의
靑구슬같이,

저리도 고이 흐르는
별하늘 아래
몸 정히 씻고
스무해를 살음인데,

외로운 이 몸에도

빛줄이 서려
한마당 환히 피는
꽃이 되어라.

그날이 오면

가난하면
가난한 대로 살라고 하셨네

외로우면
외로운 대로 살라고 하셨네

여름날 지붕 위의
박꽃처럼

초가을 울타리 가
호박꽃처럼

볕 따순 날에도
웃음 좀 웃고……

날 궂은 날에도
웃음 좀 웃고……

그 박꽃 머리 위의
흰 구름처럼

그날이 오면
당신께로 오라 하셨네.

아내를 위한 자장가

아내가 몸져누운 머리맡에는
알루미늄 주전자가 끓고 있었다.

아내 아내 아내여, 가엾은 아내
나흘 밤 나흘 낮을 꼬박 새워서
나흘 낮 나흘 밤을 열에 들떠서
아파서 할딱이는 너의 숨결은
쉼 없이 끓어 넘는 주전자 같구나
빈 들을 달리는 기관차 같구나.

하지만 이 밤에는 잠이 들거라.
꽃밭 아닌 내 가슴에 머릴 묻고서
옛날도 그 옛날 먼 숲속에
난쟁이 일곱이 사는 집에서
의붓어미 시샘에 꽃처럼 져간
눈부시게 어여쁜 공주님처럼!

그러다 따뜻한 봄이 오거든
나뭇가지 가지마다 꽃이 피거든
아내여 아내 아내, 어여쁜 아내
꿈속에서 깨어나듯 피어나거라.

靑蛾

고요히 저무는 어느 노을 무렵
호올로, 낡은 책상에 이마 고이고
머언 옛날 한 그리운 이의
남기고 가신 노래들을 줍고 있으려니,

홀연, 열어젖힌 유리창 너머
하야니 바래는 暮色 속으로
어느 그윽한 나라 예스런 나인의 걸음맵시로
파란 꽃잎 하나! 가벼이 날아듦을 보아라.

이는 꽃잎 아니라 오, 눈부신 나래의 靑蛾!
바람 부는 사바의 어느 항구에서 밀려왔음즉
이에 기도 넋도 모두 지쳐
서가 위에 머리 부딪고 쓰러졌느니……

落魄이여, 내 이제
소리 잊은 無絃 위에 너를 누이노니
봉황이 새벽을 홰 울 양이면
깃 털고 훨훨 날아가거라!

無依靑山詩

고독할 때면
들길을 걸어라.

걸으며 길섶에 핀 꽃일랑 꺾어도 보고,
겨울 한밤의 난만한 별빛
그 꽃으로 花冠도 만들어 써보며
갈잎일랑 뽑아 피리도 불어보라.

그리고
한소리 높여 소리쳐 불러보라.
—— 청산이여,
때 묻은 자락 하나 걸친 것 없으나
우리들의 모습은 얼마나 멋들어지냐!

그리하여 그 소리
아득한 청산에 입 맞추고
되돌아와 네 앞에 餘韻할 때,
비로소 눈물일랑 흘려라.

後歸去來辭

素薰에게

어느날인가, 목련꽃 필 무렵의 하루
候鳥 가버리듯 떠나버린 네가 살던 이 집에
오늘은 어스름 가을도 저물어 찬비가 뿌리는데
머언 바람의 길에서 내가 돌아왔다.

그리하여,
네가 살아 애꿎이 매만지던 꽃종이 바른 네 벽이며
그곳에 걸린 휘장 긴 너의 치마나 저고리며
또는 네가 항용 날 기다림에 내다보았을
한길로 향한 창문이랑을 돌아보고,
그 오랜 쓸쓸한 날들을 손꼽아 헤아렸을
오지화롯가 꽃 놓은 繡방석 위에
떠나기 그 마름의 너처럼 ── 아득히 울려오는 뉘우침에
귀 기울여 앉아도 보느니……

오, 그리도 한스럽고 안타까운 사랑이기에
나 찾아 떠나버린 너는
시방 그 어느 곳에
한숨처럼 젖어오는 저녁비를 긍그고 있느뇨?

歸岸望鄕詩

오랜 바람길에
찌드러기 늙어버린 것은
몸뚱아리뿐 아니라,
寶伽山 마루 위에
스러져가던 봉숭앗빛 노을도
청청한 소락나무도 그림자 없고,
그뿐이랴, 그 나무 아마득한 가지 위에
목이 길어 서럽던 해오라기 무리도
쇄락한 禪寺의 그림자도 없다.

허나,
찌든 마음일랑 바람에 풀고
물기 어린 눈알 구름에 씻어
다시 차는 하늘로 사방을 둘러보면,
후련한 모습
시방도 하나는 남아 있느니……

그것이야
옛날에 푸른 明鏡 이 기슭에 살아
물로 나간 지아비의 不歸忘魂 부르다가
그 어느 한 날인가,

죽음마저 한숭어리 無染한 꽃잎으로 풀어버린
香蓮이, 그녀의 눈물 비친 꽃송이들이
이맘쯤에랴, 그녀도 잠들었을 저승
해말간 새암가로부터
죽음기 가신 환한 빛깔과 향기를
가냘픈 대궁 끝에 피워올려
이승의 바람 찬 하늘 아래
요령 소리 은은히 흩날리는 것이다.

別魂

혜순 이모 영전에

당신께서 冥目하시던 날은
서녘 하늘 나직이
초사흘 달이 지던 저녁이었습니다.

당신을 영영
북망의 어느 산자락에
배웅하고 돌아와서
우리들은 밤새도록
당신의 생전을 회상하였습니다.

살아생전에 그다지도 위하시던
마당가에 꽃 너부러진 하얀 배나무와
이맘쯤일까, 당신의 외로우신 新行길에도
슴슴이 피어 너울거릴 도라지꽃빛 구름들에 대하여도……

그럴 때마다 당신께서 보내셨음즉
그 어디선가 귀뚜라미는
歸 不歸 不歸 미어지게 울었고,
우리들의 마음속에는
형언할 수 없이 따뜻하던
당신의 마음씨가 닿아옴을 느꼈습니다.

이제 우리는 영영
당신을 뵈올 길이 없을 것입니다마는,
당신처럼 사그라져간 저 초사흘 달을
당신이라 불러
다시 한번 우러러보겠습니다.

가을 바닷가에서

바람이어,
金神*이 손바닥을 뒤집을 때마다
저 내륙의 높높은 山嶺에서 솔가지를 울리고,
아리아리 눈부신 과실과 이삭들을 몌별한 다음
검은 밭고랑 위에 가을을 줍는
農婦의 볕 익는 허벅지를 핥고 나서
불어오는 바람이여 불어오라!

이곳은 바다 ──
무궁한 전신과 무비한 조화 속에
하염없이 출렁이는
우리들의 짧은 시력 짧은 소견으로는
닿을 길도, 잴 길조차 없는
無邊한 가을이로다.

바람이여,
오늘은 물빛도 청명하고
바다 밑 수정마루 아롱비쳐 오는데,
가없는 이 기슭에 너울 따라 밀려선
깃 없는 이 사내의 머리카락 속으로도
겨드랑이 틈으로도 짬짬이 파고들어

바라건댄, 저 출렁이는 뜨락으로
밀어내다오!

오, 정처 없이 떠나가고 싶네만······ 이 몸은,
오, 포래 치듯 깨어지고 싶네만······ 혼령이여!

* 오행사상에서 온 말로, 가을을 주재하는 신.

바둑 엽서

烏鷺 雅兄!
요즘 나는 별 하는 일도 없이 지냅니다.
낮에는 낮대로 事無閑心,
사랑마루에 번듯이 누워
마당 구석에 초롱초롱 불 밝힌
수국꽃이나 바라보다가,
또 밤이면 밤대로 호롱불을 끄고
소쩍새 울음에 귀를 기울입니다.

麥秋 무렵이라
들판에는 온통 푸른 보릿잎이 출렁입니다만,
어쩌다 밭둑에라도 나가 흙을 만질 요량이면
내 손톱이 깨끗한 걸 농부들이 웃는군요.
그래, 오늘은 하는 수 없이
이웃집 개구쟁이 하나를 데리고
명동 아니면 종로의 어느 어귀에서
형과 마주 앉아 바둑을 두는, 그런 심사로
땅바닥에 금을 긋고 고누를 둡니다.

밤하늘이 맑습니다.
수많은 별들이 반짝이는 그 무궁한 바둑판을

신들린 듯 바라보고 있노라면
참, 생각나는군요 ── 지난번 대국 때
하필이면 나의 대마가 왜
형의 보잘것없는 세력에 밀렸었던가를!

五歌

•

1. 보릿고개 노래

티검불 한점없는 너븐마당엔
앵두꽃 두세그루 떫은알맹이
새파란 달빛감은 벗은계집애

나긋한 보릿잎 반짝흰이슬
상큼한 눈초리 내매서움과
대낮의 허깨비 窓紙빛찔레

보릿고개毒올라삼솟은밤눈에는
찔레오문것이쌀밥보다香하더라

동구밖 겉늙은 행상집에선
끼루룩 눈깔먼 餓鬼의소리!

2. 들판歌

이대로 가랴…… 이대로 가랴
이대로 이대로 가란 말이냐

肝 씹어 곤지 바른 불여우 캥캥
이대로 이대로 가란 말이냐!

들판은 짜악짝 목마른 새암
출렁이는 가슴팍 피가 타는데,
가다가 지치면 쓰러나지랴
불 달은 바위 위에 주리를 틀랴.

개가죽 지글지글 비릿한 바람
곪아터진 연시알 느글대는데,
이대로 이대로 가란 말이냐
산마루에 꺼지는 연지빛 노을!

3. 광대歌

아비의 모습을 뉘 알리야
어미의 모습은 찌푸린 하늘
흐렸다 말짱 노랑돈 서푼
재주 한번 발딱 맨드라미꽃.

달밤이면 키득키득 꽃잽이놀음
석류알 입 맞추고 꼬집다 품에 안고
죽어라 날랜 비수 재앙스러워
자루째 털어서 사랑을 산다.

어미의 얼굴은 꿈결의 노래
아비의 얼굴은 아슬한 별빛
世譜의 멋진 나비놀음에
썩은 피 괴어 핀 핏빛 뻐꾹채!

4. 新각설이

불타는 놀하늘 해 떨어진 이곳은
바람 쓰린 南蠻의 어느 장거리,
허위허위 마지막 단벌 누더기
피에 주린 염통을 흔들어 판다.

요렇게 눈매엔 웃음 바르고
분칠한 꽃잎 입술에 물고,
그래도 덜 핀 오랑캐꽃이라면

암여우 화냥여우 춤을 추랴?

뒹굴어 月傷한 핏빛 침상엔
참숯불 요에 젖은 새빨간 노래
하찮이 구르는 먼지 낀 세상
전대를 흔들어 값을 치러라!

5. 飢雀燔呪歌

이빨이 저려서 못 씹겠더라
부릅뜬 눈알은 피어린 구슬
비뱃종 뱃종 쭈르르 쮸우
소름쳐 망울 단 동백꽃 가지.

다소곳이 고개 숙인 복사꽃 모습
버들피리 흙 먹은 幼童의 울음
삐찌룩 필릴릴리이 재앙스러운
진달래 꽃이파리에 지는 눈물.

돌 맞은 능구렁이 등허릿길로

피에 젖은 치마꼬리 계집은 감고
나발 부는 질항아리 젊은 놈 노래
궂은 바람 날 선 송장의 낯짝.

비뱃종 까르르르 밸이 끊겨도
　─원통아!
비 맞아 나른한 봄새는
불 먹고 숨이 져 운다.

道程記
아비는 종이었다

1

沙浪地에서 은 닷냥에 팔린 몸이
정읍 장에서는 금 두돈 값에 팔린 몸이 되었다.

남해 荷衣섬으로 간다고
삼삼오오 고랑을 차고 걷는데,

이글이글 뙤약볕은 잔등이에 악물려 살을 지지고
살갗 저민 채찍으로 奴主 길을 재촉는 날,

불모래 딛고 가는 발바닥엔 피가 절였다.
──어서, 어서 가자!

2

어드메뇨, 이곳은?
벌떡 일어나 사방을 둘러보면
펄럭이는 파창으로 狼星 한줄기 교교히 비추이고
밤은 이슥히 깊었는데,

꿈에 뵈던 처자도, 호박꽃 핀 옛집도
없고— 머언 海壁에
포래 치는 바닷소리!
피멍 든 가슴팍에 산산이 부서진다.

3

새벽 찬 별빛
머리카락 적시고

모래밭에 내린 이슬
발부리로 굴리며

정처 없는 逆旅의 길
오늘도 떠나려니

만리 모래펄엔
그늘 한점 없고

번쩍이는 황사빛

어지러운 눈알

가슴팍엔
철렁!

찬
핏소리.

　4

울타리 너머로
푸른 물결 넘실대는 바닷가 주막에
빨간 남폿불이 켜지고,

계집은 꿇어앉아 안주를 찢고
뱃놈 셋
막걸리를 마신다.

──그래, 그년이 어디로 갔간디?
술바람에 火鬼처럼 상기된 사내가

말을 꺼내니,

─아직 飛禽에 있대여.
고동빛 털가슴 한 사내가
말을 받았고,

─마주쳐만 봐라, 그년의 배때기를!
갓 스물일까? 달덩이같이 맑은 眉目의 그중 어려 뵈는 사내는
環刀머리 쥔 손을 부르르 떨었다.

새하얀 날섶에 새파란 소름
창밖에는 사르르름
동백꽃 소리……

   5

그 누가 알았으랴?
날쌘 제비도 삼십리에 떨어지고
사나운 얼룩범도 구십리면 기진한다는 飢渴의 모래펄에,
오리 밖 주린 코에 싱긋이 누룩내 풍겨오더니

지붕 위에 둥둥 박이 열리고
뒤꼍에 솟는 샘물 肝 절이는
저승길 가 오막 같은 주막 하나 있음을.

주모 할멈 파뿌리는 일흔을 헤아리는데
무릎 위엔 외톨이 손자놈이 하나
제 아빈 줄 알았는지, 사람이 그리워선지
그 뉜 줄도 모르고 마구 품에 안기느니……

오냐, 이같이 끌어안는 너도 나도
바람 따라 밀려가는 뜬구름 조각,
두마리 짐승처럼 쓸어나 안자,
날이 새면 떠나야 할 인연을 울자!

時禱抄

무화과나무에
무화과가 열리는
비밀을 귀띔해주셔요.

한 가지 위에 핀
백합의 수술과 암술이
입 맞추는 시간을 귀띔해주셔요.

부나비의 비밀을 귀띔해주셔요,
절망의 어둠을 가로질러
죽음 위에 교향하는 생명에의 욕망을!

마리아,
꽃잎의 몸으로
꽃잎의 몸으로 잉태하신 어머님이여.

*

사랑하라 사랑하라
어둠속에 사랑하라
모든 괴로움이

금이 되도록!

타오르는 불길 속에
쓰러진 살은
씨앗같이 사리를
땅에 뿌린다.

*

이 눈물처럼 지극한 자리에 피어 사는 것들은
꽃봉오리들입니다.

어떤 것은 희고
어떤 것은 빨강.

시방 꽃봉오리들의 하늘은 대낮이옵니다.
당신이 계시옵기!

허나 당신마저 잠드시면
빈 들에 우렛소리 요란한데

저것늘을 지켜줄
별빛 하나 있사올지?

마리아, 그 슬기 어린 이마 아래
산홋빛 새벽을 잠재우신 여인이여!

                    *

이는 차서 넘치는 정화수라
시렁 위의 어느 그릇이
이를 멈추리오

이는 제단 위에 놓인 빛난 열매라
어느 때 묻은 구름이
그 빛을 가리리오

오, 차고 넘치는 이 그릇 위에
우리도 저 빛난 열매 같은 것이라
주여!

*

시방은
이 길이 어디로 통할는지 알 수 없사오나
종내엔 당신의 사립 앞에 이르리란 것을 의심치 않습니다.

그러므로
죽음의 두려움이 온 땅 위를 휩쓸 때에도
당신에게로 향한 이 丹心 있었기

은밀히 모은 손뼉 사이로
그늘처럼 지나시는
당신의 높고 고요한 미소를 보았고,

온갖 목숨들이
마지막 물결로 밀려가는 이 마당에서도
소리 없이, 부서질 수 있습니다.

碑

나 이제, 모든 이웃과 神位를 하직하고,
하나의 지팡이와 마을을 떠난다. 어디
로 가는지 묻질랑 말아! 하지만, 눈 내린
벌판 위에 지팡이 홀로 남아 바람에 젖
거들랑, 그곳에 날 위해 돌을 묻어다오.

만추

꽃잎은
쌍그런 이슬에 지고,

상수리나무 가지 끝엔
茶金빛 아람.

오, 사립문 가
서성이는 '저'는 누구뇨?

……잘 자거라!
이즈음은 멧새도 깃에 잠들 때.

용담꽃

이   용담꽃
작은술잔에
이슬한모금
받아마시곤
떠나야하리

길은외가닥
불빛멀어도
떠나야하리
쪽빛늪위에
구름비끼면

斷章

외로울 때는
눈을 감는다,
바람에 삐걱이는
사립을 닫듯……

목마를 때는
돌아눕는다,
눅눅한 바람벽에
허파를 대고……

하지만, 內燃의 피
독이 되어 거꾸러질 땐
뜨겠다, 죽어도 감지 못할
새파란 눈을!

병상에서

칠월 초하루
하루 진종일 비가 내린다.

아내는
몸에 해로운 담배를 끊으라고 성화지만,

시드러운 세상살이 비 내리는 한낮을
담배 없이 지낼 수야 있나?

칠월 초하루,
하늘과 땅에 자욱한 빗소리를 들으며

산다는 노릇을 곰곰이 생각한다.
── 담배를 피워 물고.

늦겨울 바다
이성교 시인에게

시방도
그런 데가 있던가?

성 밖 동네
위스키 시음장
주홍 문을 밀고 들면
삼십촉 전등
계집은
시든 꽃처럼 웃고,
막소주에 물감 친
술 한잔 앞에 놓고
거나한 친구
늦겨울 바다……

친구여, 아직도
그런 데가 있던가!

前夜

모든 노래는 옛날과 같다.
빈 가지 끝에 時針이 멎고
바람 젖은 휴지 위에 눈이 내린다.

──사랑하네,
이 말은 사실이 아니다.
──영원토록!
이 말도 또한.

바다 위에 난파한
破船의 시간──
마스트에 펄럭이는 鬼火를 본다.

斷想

포도가 익을 철이 되어도
피는 어둠속에서
깨어날 줄 몰랐다.

대가리를 빗맞은 못,
늙은 거렁뱅이 하나이
혼례의 자리를 쫓겨날 때

시든 가랑잎은
感電된 노랑나비
옷깃에 매달려 바들거렸다.

小曲

모든 존재의 그늘에 묻힌
未知의 괘사를 못 읽는다면
애인아, 우리의 오관 역시
발바닥에 묻어나는 흙밖엔 아니다.

안개가 혀로 핥은 말기의 거리
어둠의 쇠나팔 희생을 부르는데,
바위틈에 뻗어나는 가는 핏줄
회생한 네 노래는 어디 있는가.

풀숲에 나래 떠는 반딧불 생령
그 허무한 流轉 속에서
불타는 별의 韻을 못 느낀다면
벌판의 해골이다, 우리의 사랑!

불꽃과 바람

그 빛과 어둠의 나라
테베의 신전에 이르렀을 때,
늙은 이집트 여자는
풀무질을 하고 있었다.

이 세상 어디라 내 영혼
의지할 곳 없이 헤매다 돌아온 지금,
타오르는 불꽃 풀무의 바람
그 노래는 속삭였다.

대낮이 기울면 밤이 오듯
출렁이는 바다 위에 달이 뜨듯,
일할 수 없는 밤이 쉬 오리라
일할 수 없는 밤이 쉬 오리라.

어떤 비행

죽는다는 건 쉬운 일이지,
미스터 송으로부터 네가
위독하다는 소식을 들었을 때, 문득
난 그런 생각을 했다.

돌아서 가는 길은 아름답겠지,
몸에 걸친 누더기 말짱 벗고
풀잎에 맺힌 이슬 거붓이 밟아
헤살 짓는 바람 속 구름을 보며.

허나, 너 같은 기러기도 다신 없을라,
밸을 쥐어짜 달빛을 빚다
탑시계 바늘처럼 목을 뽑고, 훨훨
훼욕의 강을 넘는 호젓한 비행!

남가좌동에서

이 가람가에 밀려와 서니
이스마엘이여,
목숨이란 역겹구나
씀바귀처럼.

뱀의 비늘 돋친 幽暗의 강물
굴뚝으로 승천하는 불의 천사,
근대화는 무쇠에서 피를 뽑아도
계집의 밑창 드러난 국토.

바람결에 묻어온 곡마단 나팔
이스마엘이여,
그처럼 쫓겨왔다
腦병원에서!

국화

평생을 마친 다음,
그 손바닥 위에
몇줄의 詩가 남는다면
그것으로 족하다는 시인이 있다.

오늘,
서리 내린 들에는 가을이 지고
겨울은 분합을 열어
소복으로 내리는데,

잠 못 이룬 한밤낼 나는
피가 식어 티끌 진 뒤 남을
몇줄의 詩를 생각한다.

혼란히 꽃 진 빈 뜨락을
焚焚 불 밝힌
순금의 燈!

示威

저 밀려오는
潮水를 듣기 위해 나는
이 갑판 위에 서 있네.

죽음은
마스트 뒤에서 웃고 있지만,
그에게 답례할 예절이 내겐 없네.

손이 비었다는 건
허전한 노릇,
허나 비굴한 일은 아니지!

다만 심중에 두려운 것은,
羅針이여!
그대의 눈먼 磁力뿐일세.

육교에서

세상에 입맛을 잃었을 때,
써야 할 하나의 글발은
유서뿐인가.

거리에는 투우의 나팔 울려퍼지고
돌아가는 삼각지를
구멍 뚫린 엽전이 돌아가는데,

불타는 고향의 성터에 올라
비탄에 머리 푼
안드로마케여!

육교에서 굽어뵈는 근대화란
돌아가는 것인가,
돌아가는 것인가.

새야, 새

새를 날려보낸 다음부터
내 가슴엔 밑 모를 허궁 패었네

  안 돌아갈래요
  안 돌아갈래

大然閣 치솟은 불기둥보다
쏜살의 하늘에서

  안 돌아갈래요
  재가 되어도

먼 산에 뒤덮인 斷刀의 빛
땅거죽을 하비는 바람의 발톱

  안 돌아갈래요
  새야, 새!

비가 내리네

여자를 기다리는 동안,
서울에서 제일 외로웠던 사내가
남긴 詩를 읽는다.

아까부터
싸운드 스피커에서는,
비가 나아리네…… 비가 나아리네……

저 근대화된 앵무새는
고장난 기계가 아닐까?
기다려도 오지 않는 여자가 아닐까?

스피커야,
'네가 뭘 안다고 우니?
인생의 무엇을 안다고 우니?'

그 사내가 맞은 유행가의
비처럼, 비가아 나아리네에……
비가 내리네!

광야에서

그 잘 익은 보리밭에서
이스마엘이여,
자네가 올 곳은 못되네
이 벌판은.

허물어진 神殿에
파충은 기고,
나무 밑을 헤갈대는
戰士의 넋.

그 뚫린 눈구멍엔
匕首의 불빛,
호롱을 꺼버리면
일억 톤의 벽.

맨살에 가죽 댄
바람의 아들,
이스마엘이여
올 곳이 못되네, 이 벌판은!

다시 광야에서

불사조라도, 강철의 불사조라도
이곳까지 날아오려면
세방울의 피는 흘려야 하리.
주리 튼 십자목에 유황불 타고
꽉 막힌 사방의 어둠을
허무한 메아리가 난타할 뿐,
소라 껍데기 속 후미진 미로로도
가득 찬 이 음향을 잡을 순 없네.

저 크나큰 瀕死의 낙타
불모의 잔등이에 올라가 보아도,
바늘구멍으로 暗射된 지평에는
공기의 꾸겨진 빨래만이
능욕당한 백조처럼 파닥이고,
불에 탄 검은 바위틈
바닥난 河床의 모래톱 속에서도
피어나는 화살은 찾을 길 없네.

오, 한때 이 광야에도
우람한 神의 城 빛의 용광로
생령의 반딧불 찬란했건만,

대낮의 어둠 그 빛 삼키니
함몰된 교각 벼랑에 눕고
穴 안으로 투신하는 눈먼 나비떼,
어디 있는가? 우리를
지탱해줄 절대한 力士!

실체 없이 우뚝우뚝
허깨비로 솟은 極光의 거리에는
길 잃은 마파람 날쌔게 솟구쳤다가
꿰뚫린 새같이 기진해 떨어지고,
우물에 매달린 소아시아 계집은
쉰 나라 말로 죽음을 찬미할 뿐,
뱃전에 부서지는 레테의 뱃노래
텅 비었구나! 이 벌판은──

달빛
哭, 白凡

이 뼉다귀 속에
흐느적거리는 것은
달빛뿐이네.

한때, 梅花의 神은
이 젓대 속에
궁궐의 터를 닦았지만,

사십년의 종살이와
스무해의 買辦은
그 향기의 다락마저 불태워버렸네.

이 새벽,
어지러운 昨醉에서 눈을 떠보면
대숲을 울리는 地靈의 소리

─안된다, 안된다, 안된다!

살아 있네,
그 달빛만은─

海蘭江橋梁工事殉職碑

내가 태어난 곳은
北海道 '삿뽀로' 노가다판,
울 아부지 얼굴을 나는 모른다.
울 엄마는 날 낳고 아홉달 만에 죽었는데
'센징'인 그네는 노가다판 식모.
날 열아홉해 동안 키운 것은
강성한 제국도 빌어먹을 염병도
'지까다비'도, 아무것도 아니다!
땅바닥에 떨어진 밥찌꺼기와
가마솥의 숭늉이 유일한 요기,
뺨다귀를 후려치는 '오야붕' 주먹이
곧 교육이요 생존이었다.

열아홉살 되던 해 봄 이곳엘 왔다.
朔北의 바람에는 皮骨이 울고
하루의 품삯은 일원 이십전,
목도를 메고 철골을 박고
납폿불 터뜨리고 강둑을 쌓고
삼백원이 모이면 조선엘 간다.
날 낳고 죽어버린 울 엄마 고향
양달산 모롱이에 초가집 짓고

패랭이꽃 살결 한 고향 새악시를
얻어서 살고 지고 천년만년.

하지만 삼백원은 아니 뫼누나!
뼈마디가 부서지게 일을 한 날은
텁텁한 막걸리 생각이 났고,
시름겨워 마음이 울적한 날은
계집의 입술인 양 담배를 빨았다.
그러고도 헛헛한 속 달래다 못해
투전판에 뛰어들어 제비를 뽑았다.

그러자 어느덧 겨울이 왔다.
시베리아 바람이 귀를 때리고
펄펄펄 落葉雪 흩날리는데,
호주머니엔 귀 떨어진 돈 한푼 없고
공사판 공사는 반도 未成 ——
그 무렵 수상한 말이 돌았다.
공사판 공사가 부진한 것은
이 강물 밑 한 많은 원귀들이
지노귀 공양을 바라기 때문.
죽은 땅을 깨뜨리고 씨앗을 묻듯

한 남정의 水死 아니면
반 남짓 완성된 이 교각도
지난여름 장마에 둑 무너지듯
주검이 쓰러지듯 넘어지리라!

그 말은 꼬리에 꼬리를 물고
이 구석 저 구석을 허깨비 되어
수상한 呪符처럼 펄럭거렸고
겁에 질린 도십장은 통문을 냈다.
일금 삼백원의 돈을 걸고
심청이 아닌 사내를 뽑았다.
허나 살려고 기를 쓰는 이 노릇인데
시퍼런 돈다발이 눈에 어려도
意識橫死를 그 누가 하랴!

한겨울을 넘기자 새봄이 왔다.
장백산 멧부리의 눈 녹은 물은
진달래빛 꽃잎을 물 위에 싣고
해란강 양 기슭 검은 벼랑에
水上의 주악을 높이 울렸다.
그러던 어느날 해 저물녘에

적동빛 다리 위에 나는 서서
온몸으로 황혼을 되쏘면서
해란의 노래에 귀 기울였다.

　밤마다 잠 이루지 못하는 이는
　찬 이슬 검은 강물에 머리 적시며
　해란의 가파른 벼랑에 서서
　물밑에 반짝이는 등불을 보라.

　세상살이를 바람으로 날린 길손은
　보아라 저 깊은 물굽이 속에
　은은히 진주의 등불을 켜는,
　무심히 지나온 한길을 보는……

서쪽 하늘 물들이던 저승의 빛도
아름다운 그 날개를 접어들였고
일만의 꽃잎인 양 출렁이던 강물도
깊은 수렁 속에 가라앉았다.
그리고 폐부를 찌르는 그 노랫소린
향기로운 아편의 잎사귀인 듯
요람의 배를 저어 나를 눕혔다.

―― 찍어넣어라!

별안간 터지는 고함 소리에
소스라쳐 뒤돌아보았을 적에
도십장은 핏발 선 野獸의 눈을
싸늘한 내 등골에 쏘아박았고,
밑 모를 캄캄한 나락 속으로
내 몸은 곤두박여 떨어져갔다.
우박같이 떨어지는 모래와 자갈
어둠속에 날아오는 철골의 비수,
갈기갈기 찢어진 육신을 뚫고
내 넋은 하늘 높이 빠져나갔다.
별빛 한점 없는 검은 허공엔
악머구리 터지는 哄笑의 교향!

이런 연유로 나,
이 깊디깊은 땅구덩이 속에
눈먼 死骸 되어 누워 있다.
흘러가는 거대한 磁流 위에는
무지개 모양의 다리가 서고

절연된 兩岸의 인정들을
영원한 수맥으로 이어주지만,
이 부동의 磁場에 묻힌
내 이름 기억하는 이는 아무도 없다.

나, 이승에 살 때 가난했을 뿐
칼에 피 묻힌 허물 없건만,
피어나는 젊음을 매장당한 채
밤낮을 철썩이는 이 강물 아래
원귀의 신음에 귀를 적신다.
오, 일깨워다오, 이 無明의 呪縛에서
풀어놔다오, 진달래빛 산천이여,
내 祖國이여!

용인 지나는 길에

창작과비평사
1977

풀빛

비 오는 날엔
섬이 운다.

西歸의 돌무덤에
타오르는
풀빛.

이승의 새벽이
한꺼번에
무너진다.

폭포

눈 감으면
들려오느니 마파람 소리.

벼랑에서 굴러내린
잔설빛 망아지가
地歸島로 달려간다.

동백꽃
한송이를
갈기에 달고……

名唱

꽃바람병 시름시름
혼령이라도 지핀 듯
캄캄한 밤길을
천방지축
헛디디며 헛디디며
찾아간 돌담집에
불은 꺼지고,

명창은 타관으로 떠났습디다
오돌또기만 남기고 떠났습디다.

* 1975년 3월 8일, 서귀로 가서 시인 한분을 만났다. 멀리서 찾아온 손에게
시인은 이곳에 온 기념으로 민요나 한가락 듣고 가라 한다. 허나, 자정 가
까운 시간에 험비험비 찾아간 바닷가 돌담집에 불은 꺼지고, 휘청거리는
발길 뒤에서는 바다가 울고 있었다.

商調

겨울이 왔네
살얼음의 날〔刃〕
아으 썰매도 없는……

어찌 살꼬
뚫어진 가죽
아으 朔風苦烈!

短章

벼랑에 섰을 때는
잠들지 말라.

발밑에는 번개 접히는
海蛇의 떼,

피 묻은 손 흔드는
珊瑚의 외침,

벼랑에 섰을 때는
잠을 깨어라!

답십리 1

땅거미 지면
거나해서 돌아온다.
양어깨 축 늘어진
빨래가 되어.
새벽에 지고 나선
靑石의 소금짐은
발끝에 차이는
돌멩이만도 못하구나!
촬영소 고개 너머
十里의 불빛,
중랑천 둑방에는
낄룩새 운다.

답십리 2

고개 하나를 넘으면
아주까리 마을,
오리 치는 草幕에는
사당이 산다.
머리가 반백인
늙은 사당,
전축 소리만 들려와도
어깨춤 춘다.
김세레나 '낙양성 십리허'에도
덩실거리고,
심청가 자진모리에도
고개 떨군다.

답십리 3

어디로 간들
숨통이 트이랴,
여뀌풀 흐드러진 물가
氣를 돌린다.
저자의 왁자지껄
들 앞에서 멈추고,
거무튀튀한 쓰거운 물이
창자를 훑는다.
내 생애의 萬里의 구름,
짓씹는 어금니의 허전한 새벽.
예서 살으리
발굽 닳을 때까지!

답십리 4

이태백이 노닐던
秋浦는 아니지만,
장안에서도 이름난 이곳
중랑교 다리.
감탕물이 굽이 흐르는
황토 흙기슭에는
청맹과니 해오라기도
나래를 쉰다.
살 맞은 여우는
고향을 돌아본다,
쫓기는 이여
이리로 오라!

病

아픔이 늘
떠나지를 않는다.

뼈마디 속에 숨어서
살을 우빈다.

바람 불고
비 내리는 날,

거덜난 몸뚱이에 남은 거라곤
이것뿐이다.

안에서 밖으로 내쏘는
克己의 화살!

쎄바스띠안의 유언

네 키보다도 높이 자란
결박의 이 나무.

이 나무는
내 영원한 피의 종교다.

악령의 화살에
육신은 꿰뚫렸어도

이 아침,
나무에 건 믿음만으로 길을 떠난다.

언제 오느냐고
묻지는 마라!

* 쎄바스띠아누스는 고대 로마제국의 근위병. 3세기 말에 디오끌레띠아누
  스 황제의 박해를 받고 나무 아래서 화살을 맞고 순교했다.

이 시대는

이 시대는
불의 시대가 아니다.
形骸가 다 타고 남은 재에서
덧없이 풀썩거리는 먼지의 시대다.

이 시대는
詩의 시대가 아니다.
짜고 남은 향유의 찌꺼기에서
고름 썩는 냄새가 나는 시대다.

숲 이룬 굴뚝에서는 연기가 오르지만
시든 육신을 좀먹는 벌레,
생존의 고삐가 영혼을 옥조이는
포만으로 나자빠진 斃死의 시대다.

出猶太記

네가 어디서 왔으며 어디로 가느냐
—「창세기」16장 8절

가자, 패랭이꽃
아브라함의 어릿광대,
줄 끊어진 해금을 어깨에 메고
金砂에 사탄의 불 타는 그곳에.

바다 위에 초승달 거꾸로 솟고
벼랑에서 투신하는 海獸의 떼,
가죽에서 터지는 검붉은 피는
번제의 불길 미칠 것 같다.

마른나무 손뼉 치는 피의 逃走
파란의 광야보다 더욱 멀리
캄캄한 바람을 귀밑에 달고
가자! 하갈의 거룻배 나의 아들.

滋雲에게

한 이별이 우리 앞에
떨어져내린다
날개 달린 돌이다, 그대는—

그 떠남을 배웅하러 가는 길에
가랑잎은 곤두박이며 흐느끼고,
매정한 바람은 계절을 휘갈겼다.

그렇다, 찬란히 밝아올
華嚴의 빛마저 등지고,
마른 풀 냄새조차 훑어버린 채

어디에 머물고 있느냐, 구름아!
앞서가 기다리련다고?
알겠다, 때가 오면 우리도 떠나리니……

고향

어러해 선 가을,
조선 팔도를 떠돌던 몸이
거꾸러진 이들의 무덤을 찾아
歸農線 안으로 들어섰다.

삥쑥 우거진 집터에서는
사마귀가 짖으며 달려나왔고,
양잿물로 흩어진 뼛가루 옆에
미친 불이 반디 되어 날아다녔다.

그뿐, 고향에 대한 내 기억이란
밑창까지 뒤집어도 그것뿐이다.
(순임아, 무너져내리는 불기둥 아래
끽소리도 못하고 숨진 누이야……)

쫓겨난 생령 집 찾기까지는
물기 마른 뿌리의 아픔 가시기까지는
詩를 쓴다는 것이 부질없구나,
고향은 한대접의 피고름이다!

용인 지나는 길에

저 산벚꽃 핀 등성이에
지친 몸을 쉴까.
두고 온 고향 생각에
고개 젓는다.

到彼岸寺에 무리지던
연분홍빛 꽃너울.
먹어도 허기지던
三春 한나절.

밸에 역겨운
可口可樂 물 냄새.
구국 구국 울어대는
멧비둘기 소리.

산벚꽃 진 등성이에
뼈를 묻을까.
소태같이 쓴 입술에
풀잎 씹힌다.

變奏

손님이 한분 들 때마다
파 마늘이며 후춧가루,
재료를 사들이는 요리사처럼
주문이 올 때마다 詩를 쓴다.

── 바람이 인다.

풍로에는 저승의 불길이 타고
번철 위의 기름은 북을 울린다
식칼은 서릿발 허공을 끊고……

맛난 음식에는 고기가 든다
허나, 푸줏간 문전에 외상이 없듯
적막한 식탁에는 肉氣가 없다.

죄송하외다, 손님.
떠돌이는 고개를 번쩍 들었다
오, 이마 위에 현상한 금환일식!

부엌에 빼곡 찬 캄캄한 연기
처마 끝에 펄럭이는 새파란 燐光

바람의 이빨은 벽을 씹었다.

──살아야겠다!

대조롱 터뜨리기

당산학교 운동회날
대조롱 터뜨리기 하는 걸 보았다.
장대 끝 매달린 대조롱 속에는
비둘기 한마리가 들어 있었다.
아이들이 제기로 조롱을 치면
찢어진 거죽을 뚫고 비둘기가 날아오르기 마련.
비둘기는 평화의 상징
그래서 아이들은 손뼉을 치며 좋아했다.
(전날 밤, 그 속에 갇힌
비둘기의 불안은 헤아리지도 못하고!)
네 기쁨은 내 아픔 위에 세워진다.

가을 파이프

1

네가 내 등 뒤에 와 섰다
가랑잎이 슬픈 노래를 불렀다
비잔띠움에서 과부들이 손수건을 흔들었다
검둥이가 흰 이를 드러내고 웃었다

2

잎이 사그라지는 냄새가 난다
死者의 몸에서 안식향 냄새가 난다
별안간 네가 입을 열었다
가을이군요!

3

海王星號가 떠날 때
울린 뱃고동 소리를 들었느냐?
파이프에서 튀어오르는

마른 풀 냄새를 맡았느냐?
비늘구름이 그리는
저승의 만다라를 보았느냐?
가라앉은 별
날개 잃은 母船이여!

4

天使들이 떠나간 하늘에는
고니의 깃털만이 흩날렸다
거대한 책장에는
미지의 예언이 씌어 있었다
영원을 본 사람은 없지만
피아노의 鍵이 그것을 울렸다
간단없이 떨어지는 물줄기 속에서
폭포가 육신의 음악을 울렸다

5

돌아갈 때가 되었다
열쇠 구멍에 장미가 피고
피멍 든 달이 길바닥에 쓰러졌다
虛構에 깔려 숨진
메릴린 먼로
가공할 절단기를 나는 보았다

고가도로頌

변기에 앉으면 똥끝이 탄다.
피와 곱으로 얼룩진 페인트를
물감 접시 가득히 쏟아놓는다.
오, 1950년 악몽의 해에
오, 1960년 혁명의 해에
화랑담배 연기 속에 사라진 전우여,
달나라의 벌판에서 꺼진 아들아!
TTTTTTTTTTTT······
너희들의 비 맞은 沈降의 어깨 위에
공화국의 대로는 달리고 있다.

지도

날이 갈수록
고향은 어두워간다.
재주 좋은 이들은
비행기를 탄다지만,
낡은 책상에
쭈그리고 앉아서
남이 쓴 원고나 본다.
볼펜으로 얼룩진
새빨간 지도!

별빛

쫓겨가는 자를 생각한다.
타오르는 불 가슴에 안고
캄캄한 들녘에서
외치는 자를.

쓰러지는 자를 생각한다.
무릎과 정수리에 대못을 맞고
시든 뿌리 밑에
거름 되어 묻힐 자를.

안개가 숨통을 쥔
시대의 암흑 속에
사그라져가는 마지막 별빛!

그 명멸하는 須臾의 빛을
전신의 피로써
사랑한다.

비 오는 날

창문을 여니
갈치장수 외치는 소리가 들린다.
── 갈치 사아려, 가알치!
목소리도 젖어 있다.

문득, 네 모습이 떠오른다.
四角으로 잘린 창틀에 매달려
회오리치는 빗발 너머
구름을 바라보던……

빗줄기가
바람을 몰고 온다.
── 갈치 사려, 갈치 갈치!

탁!
직각으로 무너지는
一朶의 꽃.

서부두에서

항거하는 몸짓 하나로
이 바다는 이룩되었다.
수평 잃은 갈매기는
바람에 휘몰려 허위대지만
물결은 방파제에 부딪쳐
人爲를 초월한다.
유황불 토하며 토하며
아우성치는 파도.
물머리에 어지러운
계집 새끼들의 떼울음.
산에서 대지르다가
철쭉꽃밭에 숨진 사내들.
검은 바윗등 베개 하고
나자빠진 가슴패기에
멍쿠술랑* 열매가 흩어진다.

* 제주의 산야에 자생하는 나무 이름. 방언이다.

층계참에서

너만이
내 위안이다, 이제는.

잠 못 이룬
腦髓 한복판에
바늘을 꽂는
너.

울컥쿨컥
거세게 고동치는
피의 터빈에
쐐기를 박는
너.

고통의
마지막 층계참에서
방아쇠를 당기는
一擊의 황홀!

너만이 내 구원이다,
이제는……

鎭魂調

만도린을 타주세요

　벼랑으로 몰려간
　철없는 아이
　바다가 보채고
　칭얼대거든

만도린을 타주세요
자장가조로……

만도린을 타주세요

　설사약을 먹은
　말세의 여자
　새까만 겨드랑 밑이
　깔깔대거든

타주세요 만도린을
진혼곡조로……

儀式 1

숫돌 가는
소리가 들린다.

풀숲에는
벼락 맞은 나무가 타고,

상돌 위에 번쩍이는
새파란 소금.

어디 숨어 있느냐
검은 羊아,

피의 고름의
죽음의

이노센트!

儀式 2

흩어져야 할 것들은
다 흩어지고,
남은 것은 발톱과
머리카락뿐이다.

찌그러든 발뒤꿈치에
고인 늪물과
이맛전에 피어난
櫻血뿐이다.

하느님!

청산가리 풀어헤친
물굽이 너머
도끼눈을 뜨신
나의 주인장.

儀式 3

탕! 탕!

구멍에서
鉛火가 터질 때마다
벼랑 밑으로 흩어지는
피 묻은 깃털.

사냥개는
꽁지에 바람을 달고,
산과 들에 번지는
흉흉한 불빛.

　──용사의 시신은 벌판에 누웠으되
그것을 거두어 묻는 자 없다.

경영론

나이 사십에
빗나간 경영 생각을 하면
천치다, 바보다, 멍텅구리다.

그 잘못은,
마당가에 피어난
수국꽃만큼이나 허다하지만,

지팡이에 기대어 선
憂愁의 솔잎!
못다 갚은 하늘의 빚을 뭘로 갚나.

나이 사십에
바퀴 빠진 경영 돌아다보면
번개다, 비바람이다, 피가 식는다.

彗星

아파 보채는 지구를 외면하고
미스터 김, 잠시 나는
저 무한공간의 어느 彗星에서 일어난
혁명의 소식을 수신하고 있습니다.

십억광년도 더 되는 투쟁의 세월 속에서
뼈가 자란 불의 아이들은,
집요한 늙은이의 등쌀에 못 이겨
한번 가면 다시 못 올
외계의 어둠에 몸을 던졌습니다.

(그들이 사른 새빨간 피로
天涯의 한 자락은 황혼에 물들었지!)

미스터 김, 시방 그 별은
우리를 향해 오고 있습니다.
아이들의 투신으로 불 꺼진 숯이 되어
三不의 원칙과 不可抗의 강령을
유령선 깃발처럼 꼬리에 달고
낙하하고 있습니다.

橫竪歌

管을 끊고 나니
太史公 생각이 난다.

파르라니
코밑수염을 밀고

비수의 울음으로
말뚝을 친다.

땅 위에 흘러넘치는
말기의 징후,

靡爛의 살갗에서
타오르는 피!

公會에서 사냥하는
들개의 무리,

娼家의 문전에
치솟은 旌門.

어디 있느냐
하늘에의 길,

비구름 틈서리로
흩어지는 빛!

붕괴

展望은 날카로운 선과
육중한 면으로 차단되어 있었다.
창은 무수히 열려 있으나
메시아를 위한 것은 아니었다.

퇴화된 돌숲에서 태양은 떠올라
고뇌의 용광로에 곤두박이고,
궤도에서 빗나간 遊星의 아들들은
白熱의 어둠속에 길을 잃었다.

홀연, 불멸의 새 한마리 치솟았으나
공기의 사냥개가 목을 조이고,
죽지에서 떨어져나간 깃털과 피는
허공에 흩어져서 독이 되었다.

이따금 동방에서 우레가 울렸으나
은혜로운 비는 묻어오지 않았다.
척박한 땅은 카인의 손바닥 피를 빨고
바람 잔 하늘 아래 종족은 시들었다.

靑盲의 한낮이다, 이 시간은!

재갈 물린 말들이 광야에 풀려나고
바빌론의 기둥이 바다로 무너질 때,
분해된 날개여, 하늘을 누비거라.

야구

요새는 범타만 날린다,
내야안타 하나 없다.
빗맞은 공을 따라 눈이 달리면
고래등 한채가 뛰어든다.

청구리 문짝에 사자 대가리
눈깔 먼 개가 집을 지킨다,
사람과 도둑도 알아보지 못하는
캄캄한 개의 울음……

치사하다, 치사해!
배에 비계 긴 주인이 나와서
아래위를 훑어보고
파수꾼을 불러들인다.

그것은 내 배에
기름이 빠져서가 아니다,
재벌이 못되어서가 아니다,
죽지 못해서가 아니다.

담 밑에 쭈그려 앉은 가슴 마른 여자

벼랑을 더듬는 깡마른 가지,
구멍으로 빠져나간 찬란한 근대화
사타구니에 스멀대는 서러운 독충.

범타만 날린다, 요새는.
텅 빈 그라운드에 빛이 꺼지면
좌우로 폭발하는 광란의 타봉!
— 안타는 없다.

訥喊

어둠속에 갇혔을 때,
내가 부른 이름은
꼭 하나였다.

덫에 치인 산짐승같이
코 뚫린 황소같이
눈알에 핏발 서고 가쁜 숨 몰아쉴 때,
내가 외친 소리는 한마디였다.

당신은 나에게 목마름을 주고,
그것을 무너뜨릴
노래를 주었다.

당신은 나에게 불을 주고,
그 불길 헤쳐나갈
얼음을 주었다.

당신은 나에게
칼을 던지고,
그 칼 튕겨낼 강철을 주었다.

마지막으로
당신은 생명을 점지하고,
그 생명 내칠 수 있는 용기를 주었다.

눈에 안 보이는 질곡에 매여
애타게 버둥대며 울부짖고 헤갈댈 때,
내가 외친 그 한마디는

─오, 나의 조국!

원수를 기다리며

원수가 내 곁을
떠난 다음부터
문지방에 걸터앉아
기다리고 있었다 — 너를.

먼지가 뿌연 한길에는
소달구지 하나 안 지나가고,
존장치듯 뜨겁던 햇살마저
물 빠진 생선처럼 축 늘어졌다.

돌아오라, 손톱 밑의 가시
염통 속의 피멍울,
날아오는 돌 맞고 거꾸러질 때
내 곁에서 애타하며 입술 맞출 자.

돌아오라, 나의 비수
생피 마신 자,
나와 함께 여기 앉아 해질녘까지
또다른 식칼의 원수를 기다려보자.

불빛
樹話의 그림

돌아갈 때가 되었다.

산에서
호젓한 달이
날 부르고 있다.

예술은 불빛,
초가집마다 켜지는
희미한 紙燈이다.

안개 낀 브루클린 다리.
뼈에 사무치는
허망한 연등놀이.

돌아갈 때가 되었다.

냉
이
를
캐
며

창원사
1983

海碑

한접시의 홍어회가 열 사공의 죽음을
떠올린다. 홍어는 피 묻은 사공의 등
골을 발라 먹고, 사공은 혼신의 힘으
로 홍어의 잔등에 작살을 박는다. 이
相殘! 어디 있는가 우리들의 피안은.

달밤

흩어진 구름의 틈서리로
내비치는 달은 아름답다.
이 세상에서 제일 슬픈 사내 하나이
굴 찾아 돌아간다

—이런 달밤에……

수유리 하나

한 늙은이의
더러운 욕망이
저토록 많은 꽃봉오리를
짓밟은 줄은 몰랐다.

수유리 둘

저 이름 없는
풀포기 아래
돌멩이 밑에
잠 못 이루며
흐느끼는
귀뚜라미 울음.

노래 하나

늙은 아내가
꽃 팔러 나간 다음
뜰에 노는 병아리에게
모이를 준다.

텃밭의 아욱아
빨리빨리 자라거라
학교 간 어린것들
배고파 돌아온다.

노래 둘

늙으면 서러워
휘진 아내는
이담에 죽어서
새 되겠다네.

자식새끼 쥐새끼
다 길러놓고
훨훨 팔도강산
떠나겠다네.

노래 셋

달래 한줌
두부 반모,
씀바귀 서너 뿌리
된장 한 주걱.

하늘과 땅에 발 구르는
유록빛 햇살,
조진 놈만 골라 삼키는
농약 묻은 쌀!

잠들기 전에

잠들기 전에
가슴 위에 손을 얹고
나는 빕니다
이대로 잠들면 깨어나지 말기를!

잠들기 전에
이마 위에 손 놓고
기다립니다
잠들기 전에…… 잠들기 전에……

무서운 집

모두들 잠들었구나
  (모두들 잠들었구나……)

들려오는 저 소리는
  (들려오는 저 소리는?……)

괴로운 꿈속에서
  (괴로운 꿈속에서……)

몸 뒤척이는 소리
  (몸 뒤척이는 소리!)

뼈

이제, 잃어야 할 것은
다 잃어버렸네.

손바닥을 뒤집으면
뚫린 못자국.

이마 위에 꽃물 번진
마른 핏자국.

잃어야 할 것
다 잃은 지금,

우두둑 불거진 뼈만이
우리 것일세.

어떤 묘비명
로마에서

나무에 거꾸로 매달려 숨진
무쏠리니.

　이탈리아의 매,
　로마의 혁명아,
　까이싸르의 개구멍받이.

나무에 거꾸로 매달려 썩은
영광.

　거짓 베드로,
　세번째 줄에서 낙상한 광대,
　불운한 집정관.

나의 투쟁

그렇다,
나는 언제나
그렇게 싸우는 수밖에 없다.

물과 흙,
피와 뼈,
비바람 떠는 사시나무.

죽음의 아우성을 등 뒤에 깔고
불같이 끌어안았다가
얼음처럼 깨어나면서

나의 투쟁
나의 조국을!

냉이를 캐며
귀염이 엄마에게

오늘은 언 땅의
냉이를 캐며
내 손톱이 여린 것을
서러워하네.

바람은 등에 업은
어린것을 후리고
몸 묶인 그이로부터는
소식이 없네.

바람아 불어라
쌩쌩 불어라
들판에 햇살 비쳐
새 올 때까지.

허수아비調

어리석은 사람
속 빈 따라지,
묵은 논에 세워둔
저 허수아비.

뭇새들이 쪼아도
성낼 줄도 모르고,
장대비가 휘갈겨도
움직일 줄 모르고……

어리석은 사람
누더기와 벼북데기,
외발로 선 하늘이다
벼락이여 때려라!

휘파람 불며

한벌의 모시 두루마기
진솔로 지어 입고
떠나야 할까보구나
징역의 이 거리를……

내 지나온 한길에는
모난 돌도 많아
무릎 정강이 벗어지고
이마 성한 날 없었건만,

세상은 험한 파도
유행가라도 휘파람 불며
새 되어 떠나랴
한벌의 모시 두루마기……

엉경퀴꽃 필 무렵
제천의 한 시인에게

배꽃 필 무렵에
만난 친구를
엉경퀴꽃 필 무렵에
다시 만났네.

옹기같이 그은
얼굴에 푹 파인 주름.
눈그늘에 어린
허전한 시름.

우리들은 왜 이렇게
속아만 사느냐며
철없는 이의 소식 물으며
소태같이 웃었네.

海歌

번철에 기름 두르고
임연수를 지지면
아으, 생살 타는 냄새
생살 타는 냄새.

어디선가 들려오는
목쉰 아우성,
물구나무선 바닷물에
난장 치는 소리.

내 새끼 내놓아라
거북아,
내 계집 내놓아라
무쇠 거북아!

겨울날

내 영혼의 똥그랑땡
휴일인 오늘은
바람맞은 가지 끝에
남은 잎 팔랑거리고……

오가는 사람들의
기인 그림자
열푸른 햇살 아래
질펀히 드러눕고……

한낮의 하늘가에
떼밀려오는 먹구름,
먼 나무숲에는
薔花의 울음소리!

소양호 단풍

저 깎여나간 벼랑 끝
죽은 나무들 위에서
환히 불 켜든
손바닥들을 보아라.

여섯잎으로 갈라진
목숨의 불꽃들은
이승의 싸늘한
어둠을 살라 먹고

안식의 그윽한 피안으로
우리들을 손짓한다.
(다시 밝을 새날의
薄明 속으로!)

봄

엄마는 들에 가고
빈집에서
아기 혼자 쌔근쌔근
잠을 잡니다.

학교 간 언니도
안 돌아오고,
아기 보던 누나도
밖에 나가고,

착한 아기 혼자서
잠을 잡니다.
냉이 캐는 엄마 꿈을
꾸며 잡니다.

재가 되기 위해

밤마다 우리는 오입을 하지.
귀뚜라미도 숨죽인 허망한 구멍
연탄불을 갈아넣고
새벽이면 하얗게 재로 사위지.

몸살난 삼백육십오일을
환장할 삼천육백오십일을
속아 사는 한세상, 아아
수심가처럼 넘어가는 아리랑 고개!

우리는 밤마다 헛물만 켜지.
나라님 어진 발바닥에 걷어차이고
엽전들 수챗구멍을 꼬챙이로 쑤시면서
재가 되기 위해, 우리는.

四六歌

아, 귀밑머리 희끗희끗
사륙 망통
이룬 것 없네
이 나이 이르도록.

거친 세상 수레바퀴
외로 돌건만
그 바퀴 바로 세워
굴릴 힘 없고,

붓 잡고 하염없이
床 앞에 앉아
여위 손길 바라보며
휘파람 부네.

아, 타는 속 지글지글
사륙 망통
어느 하늘 우러러
잘못을 빌까.

新太平歌

내가 저 세상에 살 적에는
詩 한편 팔아도 술값이 안돼
저녁이면 컬컬한 목 달래다 못해
사발을 벌컥벌컥 들이켰느니라.

　아으, 태평성대
　높으신 은덕.

하지만 이 나라에 온 뒤부터는
詩 한편 팔아서 집 한칸 장만하고
또 한편 팔아서 계집도 얻고
앞배 뒷배 두드리며 잘 사느니라.

　아으, 태평성대
　망극한 은덕!

중랑천 하나

해마다 이맘때면
아이가 빠져 죽는다.
허여니 버캐 이는 시커먼 감탕물,
물짐승도 숨죽인 독수 속에서
아이는 잉어처럼
불끈 솟았다가 가라앉았다.
철거민촌 장정들이
쇠갈고리 달린 끈을 던졌지만,
어느 용궁으로 빨려들었는지
아이는 밤 깊도록 나올 줄을 몰랐다.
달맞이꽃 핀 둑방에는
모닥불이 오르고,
공사판에서 달려왔다는 아낙은
돈이 원수라며 땅을 쳤다.

중랑천 둘
이모집에서

아이가 껌팔이를 나간 동안
어미는 골방에서 고기를 팔았다.
상에는 마구 잡은 개다리가 나뒹굴고
소주병 사이로 오동잎이 흩어졌다.
도로 공사 발파장에서
팔 잃은 홍동이가 노래 부르면
간장 공장에서 쫓겨난
수만이는 주먹을 휘둘렀다.
느닷없는 사내의 손에
요강을 타고 앉은 계집은
어맛! 소리를 질렀고,
자정이 가까워도
돌아오지 않는 아이 때문에
감탕질을 하다가도 귀를 세웠다.

중랑천 셋
둑길에서

이 바늘 끝 같은
겨울은 우리에게 무엇인가.
지난봄 여린 잎 피어나던
둑에는 마른 풀대 서걱이고,
몸서리치는 갈잎 사이로
쫓긴 참새들이 날아든다.
길은 어디에나 있고
어디에도 없는가.
새들의 날갯짓 따라가면
무슨 하늘이 열리는가.
거성 입은 듯 성에 낀 중턱에는
움막집 한채.
내외는 돈 벌러 가고
어린아이 혼자서 집을 지킨다.

앉은뱅이꽃

홍완기 시인에게

늙은 광대가
찾아왔네.
불 꺼진 창문마다
개가 울고
문풍지만 떨려도
가슴 무너지는 곳
단대동에서,
열병의 배갈보다도
어지러운 밤에
오랑캐의 제비초리
바람에 흩날리며,
不遠千里의 아득한 길을
앉은뱅이꽃 한송이
찾아왔네.

斷想

어디서 불어와
어디로 불려가는가
이 바람은……

빛 꺼진 방 안에
뿌리 마른 난초는
자지러진 채 조을고,

꽝꽝한 벽 너머로
귀와 눈만이
번개빛 칼을 세운다.

萬木肅殺의 이 한밤,
유리창에 부딪치는
悲愁의 눈보라!

겨울 노래

이 겨울에는
늙은 여자를
사랑하리.

이마에 파인 주름
꺼진 눈동자,
젖무덤의 싸늘한 서리
욱신거리는 방둥이뼈.

점심에는 사십원짜리
라면을 끓여 먹고,
쌀막걸리를 마시고
누꺼리 담배를 피우며,

갈수록
악만 남는
毒婦를 사랑하리.

선창에서

우리는 아귀의 피와
부레로 끓인 장국밥을 마시고
바다로 나아갔다.

때아닌 폭풍으로
조각난 유리 거울 위에는
도둑갈매기 떼울음소리 요란하고,

걸레쪽처럼 찢어진 돛을 쏘며
번갯불 비바람은 요나의 고래
거역하는 자들을 삼켜버렸다.

바다에서 죽은 육신에
작살 박고 입맛 다시는 자들아
어디 있느냐?

이 밤에도 선창에는
물 흐르는 계집들 노랫소리 애잔한데,
미친 별 하나 아비를 찾고 있다.

俗謠調 하나

누굴 믿고 안 가는지 몰라
장국밥집 금순이,
스물여덟 농익은 가슴이
한껏 부풀었네.

열일곱살 때 사귄 첫 사내는
총알받이 되어 월남에서 죽고,
스물다섯에 만난 두번째 사내는
중동으로 간 후 소식이 없네.

고향에선 늙은 부모 기다리건만
거미손에 쥐어줄 돈 한푼 없고,
밤마다 젓가락 장단 웃음 팔아도
느는 건 눈썹 밑의 주름뿐일세.

누굴 믿고 안 가느냐
장국밥집 금순이,
스물여덟 밤물결 머리가
불빛에 젖네.

俗謠調 둘

그래, 우리들은
이렇게 늙어간다.
해가 설핏하면
쥐약 먹은 하늘.

막소줏집에 앉아서
젓가락이나 두드리고,
호랑이 같은 마누라
흉이나 보고……

야구선수 영화배우
월드컵 얘기나 하고,
배불뚝이 공장장
불알 밑이나 긁어주고……

그래그래, 우리들은
이렇게 졸아붙는다.
애꿎은 담뱃불이나
우지끈 밟아 끄고.

쑥

노래하듯이

너희들은
그렇게 생각하니?
쑥이 땅속에서
죽었노라고.

엄동설한 칼바람에
삭신이 죄어
까무라치며 눈 흡뜨고
뻗었노라고.

아니 아니
쑥은 죽지 않았네,
천근 같은 흙 밑에서도
뻗지 않았네.

바람 잔 양지쪽에
햇살 비치면
발등에 묻은 먼지
툭툭 털면서

쑥은 고개 들고

162

일어나리라,
새파란 눈을 뜨고
살아나리라.

아직도 겨울인 어느날 둑길에 서서

이 얼어붙은 강둑에
풀잎 돋으면
휘파람새 날아오리.

겨우내 갇힌 이의
짓무른 눈에는
아지랑이 가물거리고,

기다림에 여윈
싸늘한 손끝에도
햇살 비쳐 피가 돌으리.

그날이 오면
기울어가던 세월도
우련히 밝아오리.

눈보라 휘몰아치던
먹구름은 서역 구만리
잡귀 되어 쫓겨가고,

휘 호로록 휘 호로록

쌉싸름한 솔잎 향기
온 누리에 가득하리.

진혼가
가르시아 로르까를 위한

밤이었어요.
네 벽이 가로막힌 꿈의 상자 속에
당신이 나타났어요
……흰옷을 입고.

음흉한 뱀이 휘감겨 있었어요.
피에 젖은 詩 한잎이 입에 물려 있었어요.
당신은 혁명의 굳셈과 새의 자유를 믿었지만
휘갱이의 칼날이 그것을 비웃었어요.

쿠룩쿠룩 투투툭 타타탕 쾅!

어디선가 검은 자동차 한대가 달려와 멎었어요.
브레이크의 파열음이 벽을 치받고
무쇠로 된 갈퀴손이 머리카락을 젖혔어요.

당신은 불을 토했어요.
아쟁의 울음이 바람을 끊고
펄럭이던 깃발이 땅에 떨어졌어요.
민중의 좌절 아래 짓밟힌 그 꽃!

잊지 않을 거예요, 우리는……

북에 사는 막돌이에게

이 청명한 가을바람이
우리를 슬프게 하누나, 막돌이.

포화에 시달리고
위협하는 비행기 소리에 멍들던
우리들의 어린 나날.
이제는 그 녘에도 쇳소리 그치고
아우성치던 증오의 물결 숨죽였느냐.

어쩌다 한마을에 살붙이로 태어나
한솥의 밥 먹으며 살아가려 했건만
총부리 마주 겨누고 싸워야 했던
가위눌린 그날의 일들이 꿈만 같구나.

아 그곳, 귀때미 벌에 심은
찰벼도 잘 익었느냐,
뒷나루강의 냇고기도 잘 뛰노느냐,
반동강 난 금수강산 어느 곳에나
이 아침, 산들바람 불어와서 산들대느냐.

팔월이라 한가위,

풋밤 지고 장에 가시던 너의 아버지도
멧도라지 머리에 이고 뒤따르던
물간수집 달님이도
금석이도, 자근이도, 영필이도
모두모두 잘 있느냐
새벽달이 질 때마다 보고 싶었다!

아, 어느날 어느 구름 아래서
茶禮의 향불이라도 되어
다시 만나랴……

어느날

어젯밤 마신 술에
아침을 놓치고
허둥지둥 비틀거리며
택시에 실려
삼일빌딩 근처까지 달려왔을 때
아, 오늘이 4월 19일이로구나!
문득 생각이 떠올랐다.

얼씨구절씨구
고가도로 위에서 살판놀음을 하며
내려다본 서울 거리는
고비 사막이라든가
티베트 고원이라든가
날아온 모래먼지로
온통 숨 막혔는데……

이 아우성치던 민중의 날에도
피 흘리며 싸운 혁명의 날에도
살 썩고 눈물 괸 이 거리에
찢어진 깃발 하나 나부끼지 않고,
꽁지 털이 노란 암탉 한마리

입술에 침 바르며 종알거린다.
— 어머, 거리가 온통 초상집 같네요!

뒤집혀 뒤집혀
어젯밤 마신 술에 속이 뒤집혀
천방지축 비틀거리며
택시를 내려
삼일빌딩 그늘 아래 우뚝 섰을 때.

戊午年 새 아침에

해가 바뀔 때마다
시인들은 거짓말만 해왔다.
내용 없는 글발 속에
사금파리만 담아서
서광이 비치고
눈부신 내일이 다가온다고
나발 불고 북을 쳤다.

정말이냐,
지금 당신이 한 그 말은
과연 틀림없느냐?
해만 바뀌면 우리 앞에
우람한 서광이 비쳐오고
찬란한 미래가 다가오느냐?

믿어두자,
무오년은 하늘을 나는 天馬의 해니까
두 눈 꼭 감고 믿어두자.
못사는 게 억울하여
가출한 여편네가 돌아오고
풀 죽은 아이들이 함성을 지르고

실직한 이웃 친구가
일자리를 얻어서 나갈 해,
아, 힘차게 밝아오는 무오년!
이해만은 믿어두자.

내가 너만 한 아이였을 때

아들에게

내가 너만 한 아이였을 때
늘 약골이라 놀림받았다.
큰 아이한테는 떼밀려 쓰러지고
힘센 아이한테는 얻어맞았다.

어떤 아이는 나에게
아버지 담배를 가져오라 시키고,
어떤 아이는 나에게
엄마 돈을 훔쳐오라고 시켰다.

그럴 때마다 약골인 나는
나쁜 짓인 줄 알면서도 갖다주었다.
떼밀리는 게 싫었기 때문이다.
얻어맞는 게 두려웠기 때문이다.

그러던 어느날 나는 생각했다.
언제까지 이렇게 살아야 하나?
떼밀리고 얻어맞으며 지내야 하나?
그래서 나는 약골들을 모았다.

모두 가랑잎 같은 친구들이었다.

우리는 더이상 비굴할 수 없다.
얻어맞고 떼밀리며 살 수는 없다.
어깨를 겨누고 힘을 모으자.

처음에 친구들은 주춤거렸다.
비실대며 꽁무니 빼는 아이도 있었다.
일곱이 가고 셋이 남았다.
모두 가랑잎 같은 친구들이었다.

우리는 약골이다.
떼밀리고 얻어맞는 약골들이다.
그러나 약골도 뭉치면 힘이 커진다.
가랑잎도 모이면 산이 된다.

한마리의 개미는 짓밟히지만,
열마리가 모이면 지렁이도 움직이고
십만마리가 덤벼들면 쥐도 잡는다.
백만마리가 달려들면 어떻게 될까?

코끼리도 그 앞에서는 뼈만 남는다.
떼밀리면 다시 일어나자!

맞더라도 울지 말자!
약골의 송곳 같은 가시를 보여주자!

내가 너만 한 아이였을 때
우리나라도 약골이라 불렸다.
왜놈들은 우리 겨레를 채찍질하고
나라 없는 노예라고 업신여겼다.

엉
겅
퀴
꽃

창작과비평사
1987

凍天

저 얼어붙은
無限天空 위에서
곤두박여 떨어져내리는
쌩쌩한 눈보라

그 어드메
새 한마리 날아가더냐?

무제

오줌이 마렵다
죽어라 용을 써도
오그라든 수도꼭지에서는
헛김만 샌다

─이 거랑말코 같은 새끼들아!

수유리에서

돌에 새긴
이름

돌에 갇힌
아우성

아, 돌에 박힌
피!

봄눈

봄눈 내리네
겨울은 모로 누웠네

그대 허리에 찬
사슴의 가죽

물오른 가지마다
우레 터지네

벗들에게

내 한평생
허리 굽혀 일해도
등에 진 무거운 빚
다 갚지를 못하네.

생각하면 서러워라
머리카락 검은 짐승
눈 내린 벌판 위의
소루쟁이* 한 뿌리!

* 소루쟁이를 얼핏 읽으면 '소리장이'가 될까.

다시 붓을 들고

蘭을 치지 않는다.
蘭이 놓일 그 자리에
모질고 억센
엉겅퀴 한포기를 그려넣는다.

　(내 생애의 기운 한나절에
　쑥대머리 치켜들고 우뚝 일어설……)

일찍이 우리들의 것이었던
꽃 피는 대지여!

그 능욕당한 젖무덤에
새파랗게 날 선 곡괭이를 박고,
살 속 깊이 잠든
피를 깨우리라.

보목리[*]

팽나무 사이로
고개를 들어

어디까지 왔나
뒤돌아본다.

남제주군 서귀포읍
보목리

바람도 귀양 오는
갈린 땅의 끝.

돌고래 수천마리
기슭을 친다!

* 그 땅끝 마을에 한 시인이 살고 있다, 이무기처럼.

할미꽃

할미꽃이
보고 싶어요.
염불 외듯 당신은
되뇌곤 했었지.

　뒷동산의 할미꽃
　꼬부라진 할미꽃

이 봄 들어
나이 겨우 오십인데
할미꽃이 보고 싶다는 아내여!

세상에 허망한 일
겪을 때마다
할미꽃이 보고 싶다는 아내여.

山碑

일찍이 이 산 위에
오른 사람들은 다 죽었다.
그들의 이름은 허공에
새겨지고, 그들의 육신은
얼음 속에 갇히고 말았다.

이따금 휘몰아치는 바람이
그들의 목소리를 먼 우레처럼
갈밭에 울리기도 했으나,
뒤미처 불어온 눈보라가
그것을 싸그리 뭉개버렸다.

이리하여 산은 늘
아무것도 쓰이지 않은 거대한
공책으로 남았고,
후세에 태어난 젊은이들이 또다시
죽음을 바라보며 오르고 있다.

에오로스의 竪琴*

바람이 분다,
동서남북 막힌 데 없이
해방된 하늘에서
바람이 분다, 눈물바람이.

뿌리박혀 떠나지 못할
억척의 땅,
네 연약한 몸뚱아리를
풀잎같이 흔들며

바람이 분다,
집 잃은 자의 竪琴
갇힌 자의 한숨 소리
바람이 분다, 囹圄의 창 너머로!

* 에오로스의 수금(하프)은 바람만 닿아도 소리를 낸다.

다시 사월에

이 풀꽃들
피어나는 뜻을
이제야 알 것 같다.

살갗 에이던
설한풍의 표독스런 위세가
스러지고,
얼어붙은 국토의 뼈마디에
눈 녹은 물이
스며든 다음,

보아라
꽃분홍빛 진달래
꾀꼬리 우는 개나리꽃
시새우듯 피어나,
피멍 들어 몸살 앓던
산야를 어루만지는
이 눈물겨운 자연의 섭리를

이제야 알 것 같다,
이제야 알 것 같다!

가을 제비의 노래

어느 늦가을 아침, 전깃줄에 앉아 재잘거리는 제비들의 노랫소리를 들으며 나는 올겨울 추위가 혹독하리란 예감이 들었습니다.

제비들은 이 땅을 떠나기에 앞서 찐득거리는 밤안개와 숨 막히는 불꽃, 겨울 다음에 올 삭막한 봄 풍경을 읊조리고 있는 거나 아닐까요?

제비들의 노래를 들어라!

이제는 떠나야겠어요
흥부는 잡혀가고 놀부만 남은 땅
이제 가면 다시 오지 않겠어요
박씨도 호박씨도 안 물어오고
꽃 피는 새봄도 데려오지 않겠어요
바람아 불어라 돌개바람아!

황량한 들판에 풀잎 시들고
독약 같은 연기 속에 눈먼 사람들······

별

잠 안 오는 밤이면
하나의 별이
나를 찾아온다.
어느 하늘
어느 별자리에서 빛나던
혜성인지는 알 수 없으나
그 눈부신 치마폭으로
내 시든 몸뚱아리를 휘감고,
이대로 잠들면 안돼요
이대로 피 식어 쓰러지면 안돼요
하고, 젊은날에 헤어진
여인의 앳된 손길처럼
맵고도 귀엽던 앙탈처럼
몸을 흔든다.
　──잠 안 와 뒤척이는 밤이면……

바람歌

이제 바람 불면
떠나야 하네.
쓸모없는 염통일랑
떼어버리고
허파에 바람이나
잔뜩 퍼담고
동녘 東
서녘 西,
흔들리는 풀잎으로
떠나야 하네.

이제 비 내리면
떠나야 하네.
빈속에는 막소주
개좆빛 하늘
농약 먹은 황새처럼
휘청거리며
남녘 南
북녘 北,
불빛 심을 나라 찾아서
떠나야 하네.

긴밤歌

자다가 자지러지게
깨어나는 버릇이 생겼다.

쓸데없이 책장이나
뒤적거리고

피우던 담뱃불
우직스레 비벼 끄고

가지 않는 시계를
넋 빠진 듯 바라보며

허탈한 긴 한숨을
내쉬었다 들이쉬었다

그것도 모자라면
에어로빅 댄스다!

고드름도 추워서
파랗게 언 밤,

가위눌린 꿈에 놀라
눈뜨는 버릇이 생겼다.

孔子의 개

개 한마리가 지나간다
서울에서도 교통이 제일 복잡하다는
종로 3가 세운상가 앞을
개 한마리가 느릿느릿
두리번거리며 지나간다.

개가 가려는 곳은
왕들이 죽어 나자빠진 종묘도 아니고
수많은 나인들이 풍악을 울려
한 남자의 정욕을 어루만져주었다는
비원도 아니다.
명륜동 어디에 있다는
선비들의 배움터인 은행나무 밑은 더더욱 아니다.

개가 가려는 곳은 어쩌면
안국동 고개 너머에 있다는 이름난
보신탕집일는지도 모른다.
(거길 가야 먹다 버린 뼈다귀라도 얻어먹지……)
하지만 개는 자동차가 미친 듯이 질주하는
대로를 건널 용기가 나지 않는다.
뱃가죽이 등에 붙고 울화가 치밀지만

무지막지한 개백정이 버티고 선
그 집으로 쳐들어갈 용기가 없다.

— 孔子의 개를 때려잡아라!

가을 초혼가

유세차 모년 모월
유난히 햇살 푸른 가을의 하루,
흩어진 생령들을 모으기 위해
바람 부는 들녘으로 뛰쳐나갔네.

피 묻은 무명 저고리
장대 끝에 매어달고
북망의 하늘을 우러르면서
잊혀진 이름들을 목 놓아 부르네.

비바람 휘몰아치던 오월의 그날
시대의 아픔 여린 팔로 버티며
사시나무 떨듯이 온몸으로 떨다가
못다 핀 꽃으로 핀 꽃 어디 있는가?

아, 음습하고 어둡던 그 밤
뻗쳐오르던 줄기의 힘 무참히 꺾이우고
번갯불 칼날에 찢기고 또 찢겨서
허옇게 쓰러진 나무들 어디 있는가?

길섶에는 달맞이꽃 아련히 피고

기러기떼 남쪽으로 날아가는데,
간 여름에 쓰러진 어여쁜 넋들
불러도 소리쳐도 대답이 없네.

供養花

캄캄한 밤입니다.
어머님, 저는 지금 어디로 향해
치닫고 있는지도 모를 막막한 파도에 실려
한없이 떠내려가고 있습니다.
뿌리치고 온 아득한 국토에서는
피 끓는 젊은이들 함성이 울려오고,
죽음조차 맞바라보는 결의의 눈빛 속에
이 나라의 새벽을 앞당기려는
세찬 몸부림이 전류 되어 흐르고 있습니다.
저는 삶이 죽음보다 소중함을
모르지 않습니다. 그러나
수많은 벗들이 자유를 찾아 헤매다
최루탄 연기 속에 사라져갈 때,
저도 제단에 바쳐지는 한송이
공양화가 되리라 마음먹었습니다.
제 연약한 투신이 안개 낀 이 나라의 하늘을
하루아침에 개게 하리라곤
생각지 않습니다. 하지만
이렇게 해서라도 완악한 어둠을 밀어내고
눈부신 새날을 끌어올 수만 있다면
저는 열번이라도 망설이지 않겠습니다.

출렁이는 물 위에 길 잃은 별 하나
깜박이고 있습니다.
부디 제 불효를 용서하시고
모든 생령들이 억압의 발밑에서
풀려나는 그날까지
안녕히 계십시오, 어머니!

작은 소나무
김규동 선생의 회갑을 기리며

그것은
비바람과 눈서리
천둥 번개의 시절을
슬기롭게 견디며
시대의 벼랑 위에 우뚝 서서
깃발 흔들며 살아온
한 소나무의 생애였다.

그 나무
비록 체수는 작고
머리카락 희끗희끗 등은 굽었어도
가슴속에 품은 뜻 뜨겁고 세차기에
이순을 넘어선
신새벽 어스름 속에서도
소망의 흰 구름 멀리 바라보며
미소 짓고 있었다.

길 가는 사람들아
고개 들어 보아라,
여기에 바로 그 나무가 서 있나니⋯⋯

우거진 가지와 잎은 숲을 이루고
발밑에 돋아난
젊은 나무들 앞에 서서
두려움 없이
뉘우침도 없이
패악한 겨울에 맞서서 싸우려는
작은 소나무
그 나무를 보아라!

새해 아침의 기도

새해 밝아오는 아침에
한그릇의 정화수 소반 위에 떠놓고
육천만 겨레의 마음
한 촛불로 밝혀서
빌고 또 빕니다, 신령님.

새해에는 모든 사람
자유롭게 하시고, 그들의 얼굴에
창의와 신념의 빛
가득 채워주시고, 그들의 육신에
옳은 일 실천하는 용기
넘치게 하소서.

또 새해에는
남북으로 막힌 길 뚫어주소서.
총칼로 맞겨누던 슬픈 역사
되풀이하지 말게 하옵시고,
어렵고 힘겨운 일 많더라도
평화를 사랑하는 마음
잊지 않게 하소서.

간밤에 내린 눈의 아기들도
시든 풀잎 위에 빛나고 있습니다.

아, 새해에는
진달래꽃 피는 백두산 상상봉에서
나리꽃 피는 한라산 꼭대기까지
눈부신 축복의 햇살
고루 비쳐주소서.

그늘진 마음속에 불측한 생각일랑
아예 들지 말게 하옵시고,
모든 일이 당신의 순리대로
풀려나가게 하소서, 신령님!

손금歌

접어보고
펼쳐보아도
팍팍한 산길,
내 유랑의 대동여지도!

겨울밤

겨울이 왔네
외등도 없는 골목길을
찹쌀떡장수가
길게 지나가네

눈이 내리네

마늘 냄새

마늘 냄새 속에는
木芙蓉 핀
마을이 있다.

수수깡 타는 냄새가 난다

종달새 소리가 들린다

흰머리가 자란다

마늘 냄새 속에는
보인다, 나 살다 돌아갈
보믜빛 어덕*

* 언덕.

부활절

장소: 종삼 뒷골목
　　　쓰레기통 옆

아무 데서나
철모르는 어린것
가슴에 안고
쓰러져
잠든
어미 거지.

하늘에 영광
땅에는……

고향 생각

여기서 북쪽으로 천리를 가면
검은 강물 한줄기 소리 없이 흐르고
우뚝우뚝 거친 산 솟아 있는 곳
그 산 밑이 내 고향 마을이라네.

참솔 같던 젊은이들 총 맞아 죽고
꽃다운 홀어미들 지쳐 잠든 곳
불에 탄 집터마다 쑥대풀 서걱이고
도채비불 밤이면 펄럭인다네.

잿더미에 흩어진 뼈 벌레 되어 우나니
예 살던 살붙이들 어디로 갔나?
내가 자라 길 떠난 뿌리의 고샅
이 세상 일 마치거든 돌아가려네.

엉겅퀴꽃

엉겅퀴야 엉겅퀴야
철원평야 엉겅퀴야
난리통에 서방잃고
홀로사는 엉겅퀴야

갈퀴손에 호미잡고
머리위에 수건쓰고
콩밭머리 주저앉아
부르느니 님의이름

엉겅퀴야 엉겅퀴야
한탄강변 엉겅퀴야
나를두고 어디갔소
쑥꾹소리 목이메네

방아 노래

방아야 디딜방아
쿵덕쿵덕 떡방아야
우리 어머니 살아실 제
떡쌀 찧던 설방아야

방아야 연자방아
빙글빙글 맷돌방아야
삼수갑산 우리 어머니
떡국이나 드셨을까?

방아야 물레방아
삼십 하고도 오년이라
철조망 휘어잡고
치를 떨며 웁니다!

칠월 백중

칠월백중 절에가세
홀어머니 손을잡고

죽은아비 천도하러
달빛밟고 절로가세

이승에서 지은허물
저승갈땐 벗고가소

연잎위에 환생하여
극락왕생 하옵소서

장돌림

산이면 산
물이면 물
어디 아니
고향이랴

집 두고도
널 데 없는
이내 몸이
서러워라

오늘은
봉수 장터
내일은
찬우물 장터

바람 불면
바람 따라……
눈비 오면
눈비 젖어……

日峰山[*]

일봉산 땅구덩이
폭격 맞은 자리,
쑥대풀 서걱이고
바람이 차다.

사십년 전 음 이월
그 어둡던 날,
일봉산 골짜기마다
쏟아진 불비.

사내들은 소리치다
뜬눈으로 죽고,
여자들은 꿇어 엎드려
빌다 죽었다.

일봉산 그 하늘에
떠도는 원혼,
갈꽃 흐느끼며
몸부림친다!

* 일봉산은 내 고향 철원읍 월하리에 있는 작은 산. 1951년 3월(음력 2월) 어
느날, 비행기의 무차별 폭격으로 이 산 밑 마을은 쑥대밭이 되었다.

우렁이를 먹으며

이 무쇠갑옷빛 우렁이들은
그때 그 우렁이들의
몇대 손이나 될까?

전쟁의 수레바퀴가
내 고향 마을을 휩쓸었을 때,
봇물 속에 던져진 수많은 전사자들의
피와 살을 빨아 먹고
미련스럽게 살이 쪘던 우렁이들.
마을 사람들은
송장 먹고 자란 우렁이의
씨를 말리겠다며
갈퀴와 그물로
봇물 바닥을 훑었었다.

먹을 것이 없어서
산에 난 풋열매와 나무뿌리로
허기를 달래면서도
내 겨레 젊은이들의
피와 살을 먹고 큰 우렁이만은
한사코 안 먹으리라 다짐하며

짓밟아버리곤 했었는데,

삼십년이 지난 오늘까지
우렁이들은 새끼를 쳐서
이렇게,
우리들의 밥상머리를 한숨짓게 한다.

추석날 고향에 가서

들국화 핀
골짜기 길을 오르다가
구멍 뚫린 철모 하나를 보았다.

총소리와 함성이 뒤섞이던
삼십오년 전 그날
이 철모의 임자는 쓰러졌을까?

  (들고 간 술 한잔을
   그 아래 부어놓고
   가을 제사를 지낸다.)

이름 없이 죽은 전사의 넋이여
그대가 어느 편 사람이었든
상관하지 않으마!

아, 가을빛 짙은 철원 평야
억새풀 흐느끼는 옛 싸움터에
오늘은 국경 없는 바람이 분다.

가을 소풍길

올해 나이 칠십으로
세상을 떠난 사촌형님은
낫 놓고 기역자도 모르는 농군이었다.
그러나 마음만은 요순 때 백성 같아서
이웃들의 신망을 한몸에 모았었다.
날이 새면 논밭 갈고
해 지면 술잔 기울인 칠십 평생,
악착같던 전쟁도 피 말리는 피란살이도
이 농군의 순후한 마음을
모질게 바꾸지는 못했다.
지난해 늦가을,
경작하던 모든 땅 남에게 내어주고
나 이제부터 허리 펴고 살려네 하시더니
마디 굵은 손에서 낫과 호미를 놓은 지 불과
일년도 못되어 저승길을 떠났다.
天下善民 閔公之柩……
바람에 휘날리는 만장이 슬프긴 슬프지만
상여 뒤를 따라가는 나에겐 어쩐지
가을 소풍길만 같았다.

굴다리 근처

대낮에도 불을 켠
굴다리 위로는 기차가 지나가고
굴다리 밑으로는 자동차가 달려간다.
경동시장에서 무와
간절이 고등어를 산 노파가
그 밑을 지나가고,
니야까에 짐 실은 젊은이가
아픈 허리를 굽혔다 펴며
그 밑을 지나간다.

굴다리 저켠 오팔팔에는
꽃같이 예쁜 아가씨들도 많건만
서른이 넘은 그 젊은이는
아직 장가를 못 갔단다.
전농동 고갯마루
산동네 판잣집,
늙은 어머니가 저녁밥 지어놓고
배춧잎같이 시들어 돌아오는
아들을 기다리는 곳.
굴다리 위에 뜨는 해는
선진 조국을 모른다.

218

달맞이꽃

내 이름을 묻지 마셔요
내 이름은 꽃이랍니다.
무슨 꽃이냐고 묻지 마셔요
이름도 없는 노방초랍니다.

내 고향을 묻지 마셔요
내 고향은 저기랍니다.
저기 어디냐고 묻지 마셔요
저기 저 산 너머가 내 고향이죠.

해 질 무렵 이 거리에 불이 켜지면
꽃들은 살그머니 피어납니다.
낮에는 잠자다가 밤에만 피는
달맞이꽃이라면 아시겠나요?

손님 손님 양복 입은 멋쟁이 손님
손님 손님 술 취한 지게꾼 손님,
내 이름 내 고향을 묻지 마셔요
눈에 붙인 속눈썹에 이슬 맺혀요!

수정집에서

색시,
색시는 아주 먼 곳에서
온 것 같구려.
색시의 머리카락은
예맥의 솔밭 같고,
색시의 살갖에서는
초록빛 동해의 파래 냄새가 납니다.

미스나 아가씨 따위
그 흔해빠진 호칭을 젖혀두고
내가 굳이 그대를
색시라 부르는 것은
사랑하기 때문입니다.
색시의 몸에 깃든
그 원초적인 아름다움을,
대지의 딸다운 참하고 너그러운 품성을
미더워하기 때문입니다.

뼈에 사무치는 가난이 그대를
이 오욕의 거리에 내던져
돌이킬 수 없는 낙인을 찍더라도

결코 낙망하거나 슬퍼하지 마세요.
그대 마음속에 감추인
진달래꽃 사랑의 빛깔만은
그 어떤 무지막지한 힘으로도
지우지 못할 것이니,
태양이 그대를 외면하지 않듯
나 또한 그대를
외면하지 않을 것이니, 색시!

華嚴의 빛을 기리며
강원일보 창간 기념에 부쳐

정선아리랑같이
외지고 서럽던
이 감자바위의 고장에도
햇볕 들거라.

무지막지한 전쟁과
홍수와 해일이 할퀴고 지나간 자리,
그 상처 입은 골짜기마다
도라지꽃 메밀꽃 해당화 진달래
흐드러지게 피어나고
동해, 그 화엄의 바다 위에 떠오르는
우람한 햇덩이처럼
날아오르라, 하늘 높이!

순후한 마음씨가
상대의 백성 같기만 하다던
이 고장 사람들,
그들의 피맺힌 이마 위에
쓰라림 이기고 되살아나는 回蘇의 햇살
이슬비 되어 내리거라.

아, 비록 이 땅의 한 모서리는
사악한 무리들에게 강점되어
철조망으로 가로막혀 있을지라도
장엄한 금강의 영봉들
지금도 의연히 버티고 서 있느니……

그 잃어버린 땅 위에도
긍휼과 연민의 빛 고루 퍼부어
산지사방 흩어진 겨레붙이들
한자리에 모여서 화평을 노래할 때까지
시월상달의 소슬한 바람에
빛나거라, 구원의 햇빛!

북녘 천리

살아서 못 갈 곳은
구름이나 되어 가랴
칠팔월에 쏟아지는
억수장마 되어 가랴
　어기여차 어기여차
　어기여차 어기영!

개마고원 양지쪽엔
진달래꽃 붉게 피고
압록강 푸른 물엔
뗏목꾼의 노랫소리
　어기여차 어기여차
　어기여차 어기영!

생각하면 원통하다
겨레 힘이 부족하여
한 조상 한 피붙이가
남북으로 갈렸구나
　어기여차 어기여차
　어기여차 어기영!

총칼을 맞겨누어
아비 자식 멱살 잡고
죽창과 몽둥이로
형과 아우 싸웠어라
　　어기여차 어기여차
　　어기여차 어기영!

살아서는 못 볼쏜가
북녘 천리 내 고향아
천둥 번개 칠 때마다
꿈에 뵈듯 얼비친다
　　어기여차 어기여차
　　어기여차 어기영!

답십리 무당집

어미무당이 세상을 떠나자
열일곱살 난 딸이 그 뒤를 이었다.
어렸을 때 열병으로 눈이 멀었다는 딸무당은
얼굴 희기가 배꽃 같았다.
점치러 온 손님들이 바싹바싹 다가앉으며
낭자, 내 신수 좀 봐주슈 하면
딸무당은 안 보이는 눈을 끔벅이다가
만다라화 봉오리 피듯 살며시 웃었다.
답십리 언덕배기 바람잡이 동네
卍자기 펄럭이는 토담집 하늘 위엔
늘 신령스런 구름이 머흘고,
뜰에는 늙은 대추나무가 한그루
파랗게 익은 가을 하늘을 떠받치고 있었다.

바람 부는 날

한길사
1991

바람 부는 날

나무에
물오르는 것 보며
꽃 핀다
꽃 핀다 하는 사이에
어느덧 꽃은 피고,

가지에
바람 부는 것 보며
꽃 진다
꽃 진다 하는 사이에
어느덧 꽃은 졌네.

소용돌이치는 탁류의 세월이여!

이마 위에 흩어진
서리 묻은 머리카락 걷어올리며
걷어올리며 애태우는
이 새벽,

꽃 피는 것 애달파라.
꽃 지는 것 애달파라!

벼랑 끝에서

마침내 이곳까지 왔습니다,
신령님.

하늘에는 번개구름
발밑에는 미친 파도,
바람에 휘몰린 풀잎들이
바르르 떨고 있습니다.

우리의 겨드랑이에
자유의 날개를 달아주시든지,
광란의 물결 헤치고 나갈
지혜의 지느러미를 달아주십시오.

우리를 모른다 하지 마시고
시험으로부터 구해주십시오, 신령님.

누항에서

골목길 하나 저쪽 집은
언제나 주지육림이다.
마시면 까무러친다는
이국 술 냄새가 나고,
번철에 지글거리는 고기 냄새가
슬픈 코를 우빈다.

혀 꼬부라진 소리로 뽑아대는
돌아와요 부산항,
섬에 핀 애젊은 동백꽃이
창피한 줄도 모르고 옷끈을 푼다.
물 건너 온 놈팽이가
돈푼깨나 쓰는 모양인가?

比丘아 나오너라!
네 염통에 뚫린 구멍이
몇개나 되는지 세어보자.

海角에서

이 대가리,
뜬숯불에 구워진 청어의 대가리는
내 아비의 대가리다.

내 아비는 아비를 낳고
그 아비는 또
그 아비를 낳았다.

휘몰아치는 바다의 신령이여!
아비의 죄를 두름으로 엮어
우리 앞에 내던지지 마옵소서.

잿불 속에 떠오른
아비의 대가리는
내 대가리…… 쓸쓸한 대가리.

日蝕하던 날

시방 우리들의 나날은
교만의 어둠과
탐욕의 안개로 뒤덮여 있습니다.

태양은 찢어진 장막 안의
구리거울처럼 희미하고,
먼 들녘에서는
무법자의 말발굽 소리가 들려옵니다.

우리는 늘 배부르나 허기지고,
우리들의 곳간에는
빈 쭉정이만 쌓여 있습니다.

겁에 질려서 파리해진
어린것들의 얼굴에
웃음을 되돌려주시고,

피맺힌 손으로 땅을 치는
비탄의 어미들을
일으켜세워주십시오.

우리는 더이상 빌 곳도 없습니다.
지난날의 허물을 꾸짖지만 마시고
문 앞을 막아선
재앙을 물리쳐주십시오, 신령님!

야심한 밤에

자정이 넘은 지도 꽤 오래다.
장수로를 달리는 차바퀴 소리가
쥐 죽은 듯이 멎고
도시의 불빛들이 유언도 없이 사라진다.

이제야 병든 세계가
마취대 위에 몸을 눕히나보다.
샛별같이 맑아진 정신의 골목길로
소경들이 피리를 불며 지나간다.

——이 머저리 같은 새끼들아!
술주정꾼 하나가 고함을 치며 지나간다.
야심한 밤에 담배를 피우고 싶은 건
다 네놈들의 탓이냐?

마취대 위에서

하나…… 둘…… 셋……
카운트다운이 시작되었다.
눈앞의 물체들이 빙빙 돌아가고
어제의 상처가 신기루처럼 멀어진다.

별안간, 찌르는 듯한 아픔이
의식의 허궁을 파고들었다.
유리창에 타는 놀 피가 튀는데
예리한 칼날이 살점을 도려냈다.

우리가 돌아갈 곳을
우리는 모릅니다, 신령님!
소리 없이 벙끗거리는 물고기의 입을
잔인한 손이 잽싸게 틀어막았다.

그 어두운 날 밤에

그 어두운 날 밤에
어머님이 말씀하셨다.

사람은
오래 사는 게 아니란다.

오래 살다보면
젊은 날의 야망은 탐욕으로 변하고,

티 없이 맑은 눈에도
곱이 낀단다.

그럼에도 어머니는
아흔둘까지 사셨다.

날 데려갈 저승사자님,

오래 끌지 마옵소서
오래 끌지 마옵소서!

남도에서

숲 있는 곳에는
무덤들이 있었네,
새파란 풀에 덮인
새파란 무덤.

한 많은 이 세상
떠나갈 적엔
붉은 흙에 묻혔던
원통한 넋들.

이제는 그 설움
다 삭이고
떼이불 고이 덮고
잠드셨는가?

숲 있는 곳에는
무덤들이 있었네,
봄이면 뻐꾹새도
날아와 우는……

오월의 기도

저 피어오르는
나뭇잎을 바라보며
우리의 봄이
떠나지 말기를 빕니다.

우리는 수많은 나날을
속아서 살아왔고,
잠 안 오는 기나긴 밤을
기다리며 살아왔습니다.

언제까지,
언제까지입니까?
우리를 향한 노여움
거두지 않으시렵니까?

우리의 머리는
기다림으로 늘어지고,
우리 가슴속에서는
찬 바람이 일고 있습니다.

더이상 우리를

지치게 하지 마옵시고,
이 눈부신 봄을
더디 가게 하옵소서, 신령님!

순결하라

이런 늙은이들
몰아낼 곳을 찾아야 한다.
가슴이 아니라 입으로 생각하는 자들,
입 밑에 달린 밥통과
똥창의 무게로만 생각하는 자들,
탐욕과 포만을 위해서라면
이웃과 나라도 팔아먹는 자들,
이 乞神의 무리로 하여
시대의 쓰레기통은 언제나 만원이다.

이런 젊은이들
내세울 곳을 찾아야 한다.
머리가 아니라 가슴으로 생각하는 자들,
정의와 진리를 위해서라면
죽음조차 마다하지 않는 자들,
이들의 짓밟힌 우정으로
시대의 꽃밭은 언제나 청신하다.

마지막으로 한마디,
순결하라!
순결하라!

순결하라!
뱀은 풀잎의 이슬을 먹고
독수리는 썩은 고기를 먹지 않는다.

똥바다

어느날 세존께서는 연화교 위를 거닐고 계셨습니다. 다리 아래 못에는 희고 붉은 연꽃들이 피어 바람이 불어올 때마다 영롱한 칠현금 소리를 냈습니다.

세존은 그날 기분이 좋으셨습니다. 방금 가난한 홀어미가 紙燈 한틀을 시주하고 돌아갔기 때문입니다. 비록 보잘것없는 물건이지만 세존은 그것이 어느 장자가 바친 金燈보다 낫다고 여기셨던 것입니다.

그러다 세존은 연못 밑을 굽어보셨습니다. 꽃잎 사이로 보이는 그곳은 대낮에도 어두운 무간지옥. 수많은 도둑과 살인자와 거짓 증언한 자들이 그 속에서 지렁이같이 꿈틀대며 고함지르고 있었습니다. 세존의 얼굴에 잠시 슬픈 구름이 스쳤습니다.

세존은 머리칼 한올을 뽑아 그 속에 넣어주셨습니다. 머리칼 떨어지는 소리가 동아줄 떨어지는 소리보다 요란했습니다. 죄지은 자들이 그 줄에 매달렸습니다. 허나 한 놈이 매달리면 한 놈이 끌어내리고, 한 계집이 붙잡으면 또다른 계집이 머리채를 휘어잡아 끌어내렸습니다.

세존은 길게 숨을 내쉬고 신음하듯 읊조리며 지나가셨습니다.

갓 나서 죽은 아이는 행복하지
손에 쥔 꽃 한송이 그대로
입술의 붉은 열매 그대로……

본디의 나라로 돌아간 아이는 행복하지
아비지옥 똥바다도 아니 보고!

병 노래

하기야 우리는 이제
다 마셔버린 소주병인지도 모르지.

알맹이 없는 눈으로
세상을 바라보며

이리 뒹굴 저리 뒹굴
발길 차이는 대로 굴러다니다가,

흙먼지 뒤집어쓰고
꾸정물에 처박히고

달려오는 차바퀴에 와장창 부서지는
소주병 소주병!

떼굴떼굴 떽데굴
잘 굴러간다 잘 굴러간다

잘 굴러가다가 우뚝 멈춰 서서
별 없는 밤하늘을 멍하니 쳐다보는……

冬庭의 詩

겨울 뜨락의 아름다움을
혼자서 보기는 서운하다.

지난여름 녹음을 자랑하던 나뭇잎은
그 뿌리 곁에 돌아와 눕고,
한없이 펼쳐진 푸른 하늘은
혁명의 그날처럼 눈이 부시다.

어린것들 뛰어노는 놀이터에서
조국의 먼 앞날을 생각해보고,
한점 부끄럼 없이 살리라던
시인의 아픔도 되새겨본다.

그렇다, 가을이 가면 겨울이 오듯
겨울이 가면 꽃 피는 봄이 온다.
그 믿음 있었기에 시인은 쓴잔을 마셨고
그 믿음 있기에 아이들은 나무 되어 자란다.

겨울 뜨락의 호젓한 오솔길을 걸으며
이 겨울이 필연임을 깨닫는다.

시래기를 말리며

시래기의 누른빛은
우리 땅의 빛깔이다.

시래기를 말려서 국 끓여 먹고
시래기를 말려서 허기진 배를 채우던
흰옷 입은 사람들은 사라졌지만,

시래기를 말려서 나물해놓고
시래기를 말려서 祭도 지내며
흙이 된 사람들은 가고 없지만,

오늘도 우리는
새파란 햇볕 아래 시래기를 말리며
무지렁이같이,

아무것도 모르는 땅두더지같이
먼 하늘에 찍힌
그리움을 불러본다.

  ─ 어머니이이이이이이……

놀이터에서

이렇게 한줄기 햇살만 비쳐도
행복해요, 나는.

눈바람 속에 씩씩하게 자라는
나무들의 모습을 보는 것만으로도
행복해요, 나는.

이 세상 마지막이 언제냐구요?

그야,
저 햇살 저 나무들을
눈 뜨고도 보지 못하는 날일 테죠.

눈밭에 서서

눈이 고래등같이 내린 날
눈밭에 서서 오줌을 누며
눈 속에 갇힌 짐승들 생각을 했다.

　──야호, 야호!

먹을 게 없어서
겁에 질려 떨고 있을
노루와 산비둘기 생각도 하고,

차디찬 마루방에
죄 없이 누워서 신음하는
어떤 시인 생각도 했다.

　──야호, 야앗호!

차에 탄 사람들은
여러해 만에 멋진 눈 구경을 한다며
좋아들 했지만,

눈밭에 서서 몸을 떨며

우리가 사는 이 세상에는
싸워야 할 생각들이
왜 이렇게 많은가를 생각했었다.

곤연*에서

물은 하늘에서 쏟아져내리고
불은 땅속에서 솟구쳐올랐다.

벼랑 위에 우뚝 선 낙락장송에
아침 햇살 비치면

天帝의 아들 해모수는
다섯마리의 용이 끄는
수레를 타고 내려왔다.

버들꽃 핀 우발수 푸른 물에
떡두꺼비 같은 사내아이 태어났으니

고구려는 그로부터 비롯되었고
활의 명수 大弓人의 나라가 되었다.

* 鯤淵은 지금의 경박호이니, 부여의 옛 터전에 있는 큰 호수다.

요동 벌에서

이 땅의 흙은 우리가 만들었다.
이 땅의 산줄기도 우리가 일으켜세웠고
그 밑에 흐르는 강물도 우리가 띄워보냈다.

이 하늘의 새들은 우리가 날려보냈다.
이 들의 짐승들도 우리가 먹여 길렀고
호수의 물고기도 우리가 풀어놓았다.

끝없이 이어지는
수수밭 옥수수밭,
그 사이에 아로새겨진
무논과 숲들.

우리의 살은 썩어서 평야를 이루었고
우리의 피는 흘러서 젖줄이 되었다.

위나암성*에서

꿈속에 고구려를 다녀왔다.
갈기 푸른 산야에
머리에 깃 꽂은 흰옷 입은 소년이
백마를 타고 달려가고 있었다.

내 아비는 이련이고
이련의 아비는 사유이며,
사유의 아비는 을불이고
을불의 아비는 약우요.

약우의 아비는 연불이고
연불의 아비는 교체,
교체의 아비는 연우이며
연우의 아비는 백고요.

백고의 아비는 어수이고
어수의 아비는 고추가 재사이니,
재사의 아비가 유리왕
유리왕의 아비가 동명성왕 주몽이오.

어둠에 휩싸인 아사달의 땅이여!

내 強弓의 힘으로도
저 어둠 무너뜨릴 수 없다면
벼락 치소서, 祖靈이여
휩쓸어버리소서, 하늘이여!

* 尉那巖城은 고구려의 서울 국내성의 옛 이름이다.

북간도 가는 길
어린 날의 추억을 더듬어

살아서 돌아오지 못할
길인 줄도 모르고
아버지는 북간도로 떠나셨다.

한달에 한번씩
진서로 쓴 편지가 날아왔으나
글이 짧은 어머니는
그 뜻을 다 헤아릴 길이 없었다.

만주 땅은 무섭게 춥다는 것,
폭설이 노적가리처럼 쌓인다는 것,
비적들이 출몰한다는 것,
그러나 당신이 있으니 염려하지 말라는 것……

아버지가 가신 지 일년 만에
그곳으로 오라는 기별이 왔다.
고향은 날이 갈수록 각박해지고
이대로 살다가는 거덜난 살림
이어갈 수 없을 것 같아
어머니는 나를 안고 길을 떠났다.

간다 간다 나는 간다
고향 산천 다 버리고
이제 가면 언제 오나
기적 소리 목이 멘다.

북관* 땅에서

원산 함흥 단천 지나
북관 땅에 들어서자
머리에 흰 수건 두른
아낙네들이 많아졌다.

털모자에 솜옷 입은 남정네들은
고개를 숙인 채 말이 없었고,
천장에 매달린 희미한 전깃불이
삶에 지친 얼굴들을 비쳐주었다.

──간도엔 뭣하러 가오?
──그럼 어쩌겠소, 조선은 왜놈 천지고.
──간도는 남의 땅 앙이오?
──되놈 땅이지만 먹고살 길은 있겠지비.

여기저기서 입맛 다시는 소리
땅이 꺼질 듯한 한숨 소리 들려오고,
집 잃고 땅 잃고 일가친척 다 버리고
살 곳을 찾아서 떠나는 사람들.

바람 소리

노랫소리
흐느끼는 기적 소리!

* 北關은 함경북도의 또다른 이름.

어대진*을 지나며

간밤에 백설기
한덩이를 얻어먹고
굶은 배에서는
뱃고동 소리가 났다.

차창 밖엔 아직도
질그릇 같은 어둠이 깔렸는데,
명태 말리는 덕장의 나무들이
물귀신처럼 서 있는 게 보였다.

손수건같이 펄럭이는 바다가
솔숲 사이로
나타났다가는 사라지고,

바람에 날아온 갯비린내가
주린 창자를
풍랑 일듯 뒤집어놓았다.

* 漁大津은 함경북도 경성군에 있는 어항. 명태가 많이 잡힌다.

도문*에서

기차가 철교를 건너자
바퀴가 더욱
요란하게 돌아갔다.

숨이 화통까지 차오른 기차가
삐익! 하고
비명을 질렀다.

──토오몽…… 토오몽……

금테 두른 역장이
손에 든 등불을 휘둘렀다.

밤바람이
별빛보다 차가웠다.

* 圖們은 한·만 국경에 있는 중국쪽 도시. '토오몽'은 일본말.

만주에서

강물이 꽝꽝 얼어붙으면
사람들은 짚신만 신고
강을 건너다녔다.

강 건너 사냥터에는
중년의 포수가 여자 둘을
거느리며 살고 있었다.

노루를 잡으면 포수는
뿔을 잘라서 하늘로 치켜들고
게걸스럽게 피를 마시곤 했다.

아, 이것이 사람이다

제 한 몸 위해서라면
남의 아픔은 아랑곳하지도 않는
슬프디슬픈 짐승!

옛 친구의 머리맡에서
회정 선생께

아파 누운
옛 친구의 머리맡에서
더불어 아파주지 못하는
인연을 서러워하네.

겨울도 한겨울,
잎 떨어진 가지 끝 바람이 찬데
그 나무에 물오르면 피시려는가?
말 못하는 벗에게 눈으로 묻네.

우리 이 세상에 태어날 적엔
반가운 손길에 감싸이지만
기러기 우는 하늘길 떠나갈 적엔
어느 누가 벗하여 날아가주리.

유리창에 어리는 눈발을 보며
이 계절의 쓸쓸함을 맘에 새기고
부디 먼 곳엘랑 가지를 마소
나직이 입속으로 읊조려보네.

경오년 새 아침에

어느 해 어느 날인들
솟아오르는 태양이
아름답지 않은 날 있었으련만
경오년 정월 초하루,
쪽빛 동해에 떠오르는 태양은
더욱 장엄하고 아름다워라.

역사의 기나긴 밤에
이 땅을 짓누르던
어둠의 군단을 깨부수고
우람하게 피어오르는 진홍빛 햇살,
설악의 깊은 골짜기마다
통일의 염원을 높이 울리고
우리의 그늘진 마음속에 도사린
증오의 허깨비들을 불사르는구나.

아, 저기
천년의 무덤 속에서 깨어난
天馬의 발굽 소리,
천년의 망각 속에서 되살아난
고구려 명궁의 빼어난 활 솜씨여!

이제 우리 모두
순금의 날개 달린 강한 화살을
가로막힌 하늘 저편에 쏘아 보내리니
백두의 영봉이여,
압록의 푸른 물이여,
그 봉우리 그 잔물결마다
겨레를 자유롭게 하는 우렁찬 함성
메아리치게 하여라!

눈 덮인 비선대 숲속에서는
새들의 울음소리 은은히 들려오고
풀잎에 맺힌 애잔한 이슬은
밤하늘의 별빛보다 영롱하다.
이제 우리의 힘 우리의 슬기를
햇살 닿은 데까지 뻗어가리니
막아선 철조망과 벽을 허물고
겨레의 새 아침을 열도록 하자.

봄소식

지난봄
홀로된 누이가
냉이를 캐던 밭고랑에
오늘은 또다시 새봄이 돌아와
잠에서 깨어난 다북쑥들이
파랗게 파랗게 돋았습니다.

　이 땅에 봄이 오면
　버들잎 피고
　물에 뜬 잎사귀는
　남으로 가요.

기다림에 지친 몸
막대에 의지하여 들길에 서면
바람은 아직도 칼날 같지만
나물 캐는 아이들의 노랫소리가
멀리서 은은히 들려옵니다.

　구름 위의 종다리는
　목이 타서 울지만
　그 소리 아득히 고개를 넘어

북으로 가요, 두고 온 고향.

不在

가다가 찾지 못하고
되돌아올 때가 있습니다.
가까스로 찾았으나
허탕칠 때도 있습니다.

사랑의 날 이미 저물어
서낭당 숲속으로 놀이 지는데,
도둑같이 스며든 어둠을 밟고
발길을 돌립니다, 신령님!

옥잠화

그 옛날
내 거닐던 후원의 오솔길에
수줍게 피어서 웃던
옥잠화.

내 젊은 날의 사랑은
흰옷에 비녀 꽂은
그 여인의 모습과 함께 사라지고,

귀밑에 서리 내린 오늘도
봉숭앗빛 노을 지는 들녘에 서서
예전에 부르다 잊어버린
노래를 부른다.

옥잠화야 옥잠화야,
사변 때 홀로된
이 초시 댁 막내딸아!

민들레꽃
딸에게

너희가 어렸을 때는
바람 부는 들에 핀
여리고도 작은 꽃잎이면 좋았다.

민들레야 민들레야

남쪽에서 북쪽으로
북쪽에서 남쪽으로
날아가고 날아오는 자유의 깃털,

너희가 철났을 때는
허리 부러진 국토의 날쌔고도 힘찬
화살이기를 바랐다.

이 나라의 어느 들
어느 골짜기에 내려앉든
썩지 않고 움트는 정결한 씨앗,

꽃 피는 이 강산의
첫 손님이 되어라!

철원 평야

해 질 무렵
고향의 빈 들녘에 서서
가을이 훑고 간 자국들을 보았다.
그 들에는 이제
겨울 짐승들이 먹어야 할
열매라곤 없었다.
인간이 씹다 버린 탐욕의 찌꺼기들도
말끔히 치워지고,
잘린 벼포기에 남은 물기만이
예리한 햇살에 번뜩이고 있었다.

그 들녘에 서서 나는
이곳에서 벌어진 전쟁 생각을 했다.
미워하다 못해서 엇찔려 죽은
슬픈 피붙이들을 생각하고,
그 미친 회오리바람을 부추긴
씨알이 다른 인종들을 떠올렸다.
그러나 이제는
그 노여움마저 사그라지고
망각의 바람만이 스쳐가고 있었다.

추수 이후

이제 저에게 주신 땅은
다 갈고,
쓸모없는 귀퉁이땅
한뙈기만 남았습니다.

　(그것만이 제 몫인가요?)

바라옵건대,
천둥 벼락 휘몰아치는
눈 뜨고도 보지 못할
어둠을 주십시오!

　(제 영혼은 평안을 마다하오니)

어디서
시로미꽃 향내가……

김제를 지나며

여기가 어디랑가
김제 평야 한가운데,
야트막한 토산 위에
가지 뻗은 정자나무.

바람은 소소리바람
억수장마 퍼부어도,
끄떡없이 지키고 선
잎새 푸른 정자나무.

내 저승일랑
저와 같게 하소서, 신령님!

부처님 앞에서

아내가
절에 다니고부터
나도 따라서 절에 갑니다.

아내가 엎드려
복을 비는 동안
나는 무엇을 빌까 하고
망설입니다.

부처님은 이와 같은
땡땡이 불자도
말없이 웃으시며 굽어살피십니다.

아내는 절에 갈 때
초를 사가지고 갑니다.
나는 천원짜리 한장을 내고
향을 삽니다.

저희가
당신께 드리는 공양은
너무나 보잘것없고

당신에게 바라는 것은
너무나 많습니다.

부처님,
가난하고 힘없는 자를
일으켜세워주시고
교만하고 탐욕스러운 자를
꾸짖어주십시오!

광주 일박

여기까지 와서
거기를 안 가볼 수야 없지,
원통하게 죽은 넋들이
눈 못 감고 잠든 곳.

붉고 흰 만장들이
소나무 사이에 걸려서
총알같이 쏟아지는 빗줄기 속에
자유와 민주주의를 외치고 있었지.

그러나
가신 이들은 말이 없었지.
망월동에 달 뜨면
다시 오겠소!

歸天에서
천상병 씨를 위하여

에즈라 파운드가 걸어가고 있다.

인사동 네거리

양털 목도리를 목에 두르고

한 시대를 제멋대로 살다 간

늙은 *浮浪者*가.

무너져내리는 그의 뼈마디 속에서

구더기들이 반란을 일으키며 소리쳤다.

우리를 긍휼히 여기소서!

승천하는 聖 에즈라.

알림
김종삼 씨를 위하여

어젯밤 꿈에
거대한 독수리 한마리가
날아가는 것을 보았다.

눈 덮인 광야에는
먹을 것이라곤 없었다.

배고프다고 하였다.

독수리를 구제하라!

굴속에 누워

굴속에 누워서
三冬을 지냈더니
눈은 침침하고
수족 겉놀고,

밤낮없이 자란
머리카락 발톱만이
사나운 짐승처럼
길게 자랐구나.

세상은 오리무중
죽 끓듯 하는데
그 똥집 헤아릴 길이
내겐 없으니,

굴 앞에 늘어진
풀넝쿨 걷어올리며
불어오는 바람을
손으로 더듬는다.

관세음보살에게

제 지난날의 달은
당신의 머리 뒤에서 솟아오른
원광보다도 크고
우람했습니다, 관세음보살.

그 빛의 소용돌이 속에서
이 세상 살아 움직이는 만물은
流轉의 강물 되어 한없이 흘러가고,
저도 언젠가는 유한한 생을 마치고
한잎의 풀, 한알의 돌이 되어
그 너그러운 품에 안길 것을 바랐습니다.

하지만 오늘
제 눈에 비친 달은
너무나 왜소해지고 말았습니다.
백원에 열개짜리 풀빵처럼 오므라들어
마침내 흙탕물에 처박힌
엽전 꼴이 되어버렸습니다.

세상은 갈수록 영악해져서
대낮에도 도둑이 여염을 넘보고,

밤이면 길에서 백정들이
우리의 어린것들을 낚아채고 있습니다.
무엇이 옳고 그른지도 헤아리지 못하는
포악한 자들의 활갯짓으로
죄 없는 이웃들은 가슴 죄며 살아갑니다.

들에는 아직도
원통한 이들의 피울음 풀잎에 맺혀서 떨고 있는데,
그칠 줄 모르는 畜生의 욕념을 잠재우려고
한겨울에도 궂은비가 내립니다.

관세음보살,
부디 이 슬픔 외면하지 마시고
당신의 광대무변한 滅惡의 빛으로
흐느껴 우는 자들의 가슴에
자비의 연꽃을 심어주십시오.

죽은 자는 말이 없고
유월항쟁 한돌에

그때 그러한 일이 있었다.
조국 분단 사십삼년 한여름에
구름 같은 젊은이들 맨주먹 휘두르며
날아오는 최루탄 살인 방망이에 맞서서
피 흘리며 쓰러진 항쟁이 있었다.

아무도 그들 편이 되어주진 않았다.
상투쟁이 영감들은 잿밥에만 눈 어둡고
백성들은 세상이 탕평해져서
잘 먹고 잘 살고 잘 놀기만을 바랐다.

시인이란 자들도 별수없었다.
천하의 근심 걱정 저 혼자 떠맡은 듯
입술 씰룩거리고 한숨 내뱉고
허파에 바람 든 소리 탕탕 쳤지만,
거리에 함성 일고 연기 치솟자
누구보다도 먼저 쥐구멍을 찾았다.

그때,
한 젊은 여인이 나서서 춤을 추었다.
너덜거리는 무명옷에 고무신 신고

머리카락 산산이 풀어헤치고
오랏줄에 묶인 몸 이리저리 뒤틀다가
덩 덩 덩더쿵!
해방의 북소리에 맞춰 춤을 추었다.

겨루던 사람들도 숨을 죽이고
하염없는 눈으로 지켜보았다.
대낮의 한밤 같은 열기 속에서
죽어서 돌아온 넋의 슬픈 사연을
여인은 온몸으로 읊어주었다.

그 영혼의 흐느낌 하나로
한 시대가 박살나고 한 시대가 열렸다.
노도와 같은 울음이 주검을 에워싸고
뉘우침의 칼날이 우리 가슴 찔렀으나
죽은 자는 말이 없고 들을 수도 없었다.

조국 분단 사십삼년 용광로 같은 한여름에
그런 일이 있었다, 옛애기 같은……

허균론

텔레비전 연속극에서
점잖은 노인들이 머리를 조아리고
성은이 망극하여이다
황공무지로소이다 할 때마다
밸이 틀려온다.
틀리다 틀리다 틀리다 못해
목구멍까지 치밀어오른 가래침을
탁! 뱉으려다가
뼛속까지 스며든 노예근성 때문에
이러면 안되지 솟구치는
역정을 대가리부터 누르고
꼬리를 감춘 개처럼 나자빠지며
숨을 헐떡거린다.

이런 면에서 허균은
일맥이 상통하는 바 있다.
허균을 빚어 만든 정액은 당대의
재상 허엽의 그것이지만
거기서 나온 뼉다귀의 의미까지도 그는
부정하고 싶지 않았을까?
점잖음 뒤에 숨은 개의 습성을

위선과 탐욕 교활과 잔인
온몸에 밴 거추장스러운 허세를
거지가 동냥자루 내던지듯
내동댕이치고 싶지 않았을까?

그러기에 허균은
여승들만 사는 승방에서
사월 초파일 염불 소리 목탁 소리
만수향 냄새와 더불어 피어오르는
암내 난 여자의 솜털보다도 가벼웠고
재재거리고 팔딱거렸다.
당대의 재사요 문장가였지만
점잖을 싫어하는 재기 때문에
사문난적 패륜아 시정잡배
역적으로 몰려서
노들에 내려앉는 기러기같이
모가지가 뎅겅 잘리고 말았다.
이것은 후문이지만
허균의 목은 땅에 떨어진 다음에도
좌판 위에 펄떡이는 생선처럼
휘모리장단으로 초라니춤을 추었다나.

거룩한 아 조선의
방귀깨나 뀌는 자들아!
저 허균이 죽음으로 내보인
펄떡펄떡 뛰는 힘을 배웠더라면
발길에 채고도 바짓가랑이에 매달리는
개의 습성은 닮지 않았을 것이고,
미련한 되놈과 간악한 왜족에게
무지렁이같이 착한 백성들을
어육으로 내주진 않았을 것이다.
점잖게 앉아서 나라를 팔아먹고
이빨 쑤시고 헛기침을 돋운
오백년의 상투잡이들,
허균이 발악하듯 방정 떨며
안타까워했던 것도 다
네놈들 탓이 아니었더냐?

인디언 여자의 사랑 노래

기다리고 있습니다, 서방님.
사막의 수정으로 만든 술잔에
나무딸기 술을 담아놓고
싸움터로 나간 당신이
이기고 돌아오길 기다리고 있습니다.

기다리고 있습니다, 서방님.
흙으로 빚은 창카이 토기에
암사슴 고기를 구워놓고
죽음의 골짜기로 떠난 당신이
살아서 돌아오길 기다리고 있습니다.

흙벽돌 사이로 스며드는 바람은
긴 밤의 등잔불을 나붓거리게 하지만
치렁한 검은 머리 풀어헤치고
기다리고 있습니다, 소녀는.

우리 오늘밤
달의 신전으로 떠납시다.

인디언 마을에서

늙은 인디언
카파크 유팡기가 죽던 날
사막의 지평선 위에
거대한 용이
번갯불 되어 치솟는 걸 보았다.

머리에 총알 맞은 유팡기는
붉은 선인장 꽃처럼 타오르다가
검은 들소바위 골짜기에 묻혔고,
잔인한 도살자인 양귀들은
콜로라도 강 위에 뜬 창백한 달을 보며
개승냥이 소리로 환호를 올렸다.

머리칼 검은
유팡기의 권속들이 그후
어찌 되었는지는 아무도 모른다.
야수들에게 짓밟힌 그의 아내는
쇠잔한 몸을 이끌고 사막의
바위굴 속에 숨었다는 얘기도 있고,
오랏줄에 묶인 채 끌려간 아이들을
강 건너 술집에서 보았다는

소문도 들려왔다.

토지를 빼앗긴 부족들은
독수리 날개를 따라 캠프 베르데의
태양의 성채로 올라갔고,
가슴을 물어뜯는 전갈의 슬픔으로
달 없는 밤이면 원귀의 가면을 쓰고
조상들의 무덤 곁을 헤맸다.

　네놈들이 피 흘리지 않는 한
　돌아가지 않으리라
　하카란다 꽃 피는 그 땅에.

　네놈들의 뼈를 씹지 않는 한
　돌아가지 않으리라
　방울뱀 우는 그 땅에!

옥수수밭에서

예전에 우리가 가꾼 옥수수밭은
수천수만이랑의
초록빛 바다였다.
안데스 산맥 넘어 바람이 불어오면
그 삽상한 물굽이를 넘나들며
우리의 애젊은 아내와 아이들은
풍년가를 불렀고,
두 손을 마주 잡고 원무를 추면서
저 하늘에 빛나는 태양을 찬미했다.

　　옥수수 꽃 옥수수 꽃
　　옥수수 꽃이 피었네
　　퀴노아 퀴노아
　　퀴노아 싹이 나왔네.

　　하늘에서 굽어보시는
　　해님 달님 덕분에
　　옥수수 꽃이 피었네
　　퀴노아 싹이 나왔네.

그러던 어느날,

망나니의 대륙에서 바다를 건너온
불한당들이 서약을 어기고
우리들의 어진 왕 아타왈파와
숙덕 높은 왕비 코야를 잡아간 뒤,
용사들은 싸우다 총 맞아 죽고
풍요로운 옥수수밭은 황무지가 되었다.

말라비틀어진 잎사귀는
땅바닥에 드러누워 숨을 거두었고,
능욕당한 대지는 불임의 자갈밭 되어
이슬 한방울 맺히지 않았다.
조상들의 무덤 파헤친 총잡이들이
고귀한 유물마저 훔쳐갔으니
우리는 죽어서도 갈 곳이 없는
벼랑 밑에 처박힌 원혼이 되었다.

　와케로 와케로
　무덤 파는 도굴자
　와코를 찾아서
　산과 들을 누빈다.

와케로 와케로
무덤 파는 무법자
와코를 캐다가
뱀에나 물려 죽어라!

망코 로카의 장례식

세 형제 바위 밑
양귀의 통나무집 근처에서 쓰러진
망코 로카의 장례식은
참으로 성대하게 치러졌습니다.
싸움터에서 전사한 용사답게
망코 로카의 핏빛 고운 염통은
청람색 돌칼로 도려내어
태양의 제단 위에 바쳐졌고,
그의 우람한 몸통과 팔다리는
조상들이 허리에 매던
용설란 줄거리로 묶어져서
동굴 속에 안치되었습니다.

부족들은 망코 로카가
언젠가는 긴 잠에서 깨어나
속박의 끈을 풀고
콘도르처럼 날아오르리라 믿었습니다.
또한 그때에는 망코 로카가
잔인무도한 배신자들에게
왕의 계곡의 바윗돌을 쪼개어
우박같이 쏘아대리라 의심치 않았습니다.

그러나 사백년이 지난 오늘까지
망코 로카는 깨어나지 않았습니다.
갓 잡은 물고기처럼 싱싱하던 염통은
적갈색 도마뱀 가죽처럼 빛이 바랬고,
알코올중독과 매독에 걸린 부족들은
되살아날 줄 모르는 영웅을 원망하며
람바다 춤을 추고 있습니다.

　　달이 뜬다 달이 뜬다
　　삭사와망 요새에
　　달이 뜬다.

　　순결한 처녀 쿠스코는
　　양귀의 손에 놀아나고
　　아름답고 웅장한 태양의 신전도
　　박쥐의 소굴 된 지 이미 오래다.

　　망코 로카 망코 로카
　　잉카의 독수리
　　망코 로카여!

꼬르디예라 산맥에
눈 녹으면 오려느냐
마추픽추 산정에
벼락 떨어지면 오려느냐.

流砂를 바라보며

창작과비평사
1996

流沙를 바라보며

내 마음속의
푸른 연꽃은 시들고
검게 탄 줄거리와 구멍 뚫린
씨주머니만 남았습니다.

저 당홍빛 구름 위에
오롯이 자리하신 부처님,

이 몸이 떠나야 할
流沙의 끝 보리수나무 그늘은
아직도 멀었습니까?

소리개 한마리
허공을 맴돕니다.

안개섬

내가 살다가
풀 한포기 나지 않아
바위와 조약돌뿐인
저 섬에 묻힌다면,

갈매기 울고
아우성치는 파도만 남은 곳
세월 모르는 등대지기 되어
내가 살다가,

머리카락 희끗희끗
피리 불다 지쳐서
담배 한대 피워 물고
안개 속으로 사라진다면……

옛 친구에게

사십년도 더 되는 내 소싯적에
저 남도의 초록빛 바다
삼천포읍에서 처음 상면한
박남춘 씨 안녕하세요?

한길로 문이 난 시골 양복점
그 푼푼치 못한 가게에 들어앉아서
집게손가락에 골무를 끼고
헌 옷을 손질하던 키 작은 사내.

달 밝은 밤 마을의 처녀 총각들
연애하러 갈 때 입을 옷 지으시나요,
떠도는 방랑자 이승 떠날 때
입고 갈 영원의 옷 지으셨나요?

월정리*에서

남들이 모두 신록을 찾아서
남쪽으로 떠날 때
나 홀로 북쪽으로 길을 잡았다.

눈 덮인 산야에는
오랑캐꽃 한송이 피지 않았고
철조망을 사이에 두고 길 잃은 노루가
남쪽 하늘을 바라보고 있었다.

내 그리운 고향은
백설의 산마루 저편에 있었다.

흰 저고리에 감색 치마
애젊은 누이가 탄불을 갈아넣고
아들을 떠나보낸 늙은 어머니는
동구 밖을 내다보고 계셨다.

* 강원도 철원군, 휴전선 남쪽의 첫 마을. 6·25 때 폐허가 된 그곳에 요즘 기
차도 다니지 않는 정거장이 세워졌다.

이 가을에

나뭇잎 물든 것이
꽃보다도 아름답습니다.
붉은 잎 아래 노란 잎
노란 잎 밑에 설익은 푸른 잎이
바람에 하늘거리고 있습니다.

신령님은 늘
우리가 사는 이 세상을
눈부시게 꾸며주고 계십니다.
아귀 다투는 사람만이
등 돌리고 지나갈 뿐입니다.

봉숭아꽃

내 나이
오십이 되기까지 어머니는
내 새끼손가락에
봉숭아를 들여주셨다.

꽃보다 붉은 그 노을이
아들 몸에 지필지도 모르는
사악한 것을 물리쳐준다고
봉숭아물을 들여주셨다.

봉숭아야 봉숭아야,
장마 그치고 울타리 밑에
초롱불 밝힌 봉숭아야!

무덤에 누워서도 자식 걱정에
마른 풀이 자라는
어머니는 지금 용인에 계시단다.

별을 바라보며

저 북녘 하늘 멀리
반짝이는 별을 바라보며
하나의 얼굴을 생각한다.
세라복에 단발머리
구장 집 외동딸의 얼굴을……

순영이가 여학교 다닐 때
나는 국민학교 사학년.
해방이 와 전쟁터가 되었어도
순영이네는 화룡*에 남고
우리는 두만강을 건너서
조선으로 돌아왔다.

순영이의 집은 우리 집 건너편,
창가에 앉아 풍금을 치던
화사한 얼굴이 떠오른다.
좋아한다는 말 한마디 못하고
쭈뼛거리는 나에게

　──무슨 노래를 들려줄까?

손아래 오랍 다루듯 묻던
눈 푸른 계집아이.

* 和龍은 중국 연변 지방에 있는 지명.

새벽을 기다리며

우리는 어둠속에서 기다린다
오라, 이 외침 들리는 모든 이들은
우리의 밤길을 도와다오.

   (이제는 태양도 빛나지 않고
   이제는 별도 반짝이지 않는다)

우리에게 끝없는 오솔길을 보여다오
우리에게 꽃 피는 초원을 보여다오
밤은 더이상 반갑지 않다.

   (새들은 바위틈에 몸을 숨기고
   달은 구름 속에 잠이 들었다)

어둠에 갇혀서 기다린다 우리는.
오라, 새벽이 오는 발자국을 들으려고
숨조차 멈춘 채 기다리는 우리 앞에
눈부신 여명이여, 어서 오라!

고향

예전에는 나에게도
패랭이꽃 피는
고향이 있었더니라.

고추잠자리 날아다니는
마당가에서
맨발의 누이는 줄넘기를 하고,

명주실같이 여윈 어머니는
남쪽 하늘을
바라보고 계셨더니라.

씨 익은 해바라기가
고개를 숙인 채 서 있던
그 집,

나에게도 고향은 있었더니라
전쟁의 불길이 그곳을
쑥대밭으로 만들기까지는!

신단양의 봄

제비꽃 따서
꽃반지 만들어주고 싶었던
계집애는
그 어디?

산 첩첩
물 휘휘
휘도는 곳에 와서 사노라
어머니 여윈 늙은 몸.

가랑잎 깔린
오솔길에 서면
민들레야 민들레야
네 작은 얼굴도 그리워라.

물거울에 비친
산수는 아름다워도
솥 적다 솥 비었다
소쩍새 우네.

다 팔아도

삼천원어치밖에 안된다
산나물 깔린 단양 장
허리 꺾인 산골 할미.

애탕쑥 돋고
갯버들 피고
바람 시린 상진나루
해 저무는데……

산수유꽃 피면
온다던 사람
산수유꽃 떨어져도
소식이 없네.

신단양의 가을

물안개 낀 강마을에
불이 꺼지면
새끼 까서 효도 보랴
떡 치는 소리!

해 질 무렵 꼴머슴들
지겟작다리 두드리며 부르던
육자배기 구성진 가락도
이제는 옛말.

자식들은 다 나가고
삭정이 같은 내외만 남아
산골짜기 비탈진 밭의
풀을 뽑는다.

갈수록 영악해지는
내 나라 사람들아
월악산에 달 뜨거든
문 열고 내다봐라.

두 뺨이 능금꽃 같던

눈 맑은 계집애는
돈 벌러 간 후
편지 한장 없고……

술 한잔 마시려고 찾아간
젊은 시인은
가슴에 열불이 일어
세상을 떠났다네.

추풍령을 넘으며

추풍령 이남으로 넘어가는 길이다.
보리밭 새파란 이랑 사이로
장다리꽃이 눈부시게 피어 있고,
먹기와 얹은 석간주빛 비각이
언덕 위 밭머리에 얌전히 앉아 있다.

사십년 전 전쟁 때 이 고갯길을
울며 넘었다고는 아무도 생각지 않는다.
피란열차 기적 소리도 들리지 않고
진달래꽃 붉게 핀 묘지에서
멧비둘기 울음소리가 들려온다.

월아천*을 그리며

나를 그곳까지 실어다줄
낙타는 어디 있는가,
나를 그곳까지 데려다줄
구슬옷 입은 여인은 어디 있는가?

流沙에는 모래바람
길이 끊기고
아수라가 토해낸 구름
핏빛으로 물들었는데,

그 청람색 물가에서
상처 입은 이 몸을 헹궈줄
자비의 어머니는
어디 있는가?

연잎 위의 이슬처럼
바늘 끝의 겨자씨처럼
탐욕으로 더럽혀지지 않은 자를
바라문이라 부른다, 나는.

---

* 月牙泉은 서역으로 가는 길목 명사산 기슭에 있는 샘. 모래산으로 에둘린
그 비췻빛 호수를 지나서 가비라 성에서 가출한 왕자의 말도, 갈릴리 호반
목수의 아들의 가르침도 동양으로 들어왔다.

대추나무를 바라보며

저 대추나무를 심은 것은
어머니가 이승을 떠나시기 전의
어느 봄날이었습니다.

명주실처럼 꼬인 묘목을
뜰 앞에 심고 거름을 주었는데,
십년이 지난 이 가을
수많은 열매들이
가지가 휘도록 열렸습니다.

어머니,
그러나 어머니는
시방 이곳에 아니 계십니다.

나무를 심은 지 사년 만에
본디의 몸으로 돌아가신 어머니는
지금, 용인 땅에 계십니다.
구름도 쉬어 넘는다는 그 산 위에
외톨이로 누워 계신 어머니.

가을볕이 당양한 오늘은

그 홍옥 같은 열매를 따다가
상돌 위에 펼쳐 보여드리겠습니다.

배봉산에서

배봉산에 오를 때마다
얼금바위 아래 놓인
부처님을 쳐다본다.

얼금바위 부처님은
쇠나 구리로 만든
값비싼 부처님이 아니다.
조계사 옆 불구점에 가면
단돈 삼천원이면 살 수 있는
석고로 만든 부처님.

그런데도 가끔 그 부처 앞에
초 한자루 가물가물 켜 있기도 하고
하얗게 사윈 만수향 재가
새똥처럼 쌓여 있기도 하다.

저 말 없는 바위 아래 부처를 모셔놓고
소원을 빌다 간 사람이 누구일까?
무슨 사연 무슨 아픔 있길래
치성 드리다 돌아갔을까?

나뭇잎 지는 배봉산 약수터에서
얼금바위 부처님의 얼굴을 쳐다본다.
이 세상에는 왜 이렇게
슬픈 사람이 많습니까 하고……

아내의 병

詩 한편을 팔아서
아내의 약을 사던 날은
희끗희끗한 눈발이
휘날리던 날이었다.

아내의 병은
피가 잘 돌지 않는 것이란다.
실핏줄 속의 피가 엉겨
팔다리가 저리고 잠이 안 오고
머리가 터질 듯이 아픈 병.

아내는 오십 평생
찬 없는 밥 먹으며
아이 기르는 일
빨래하는 일에만 매달려 살아온 사람인데,

그 고생 많은 몸뚱아리에
피의 감속 장치를 달아맨 자가 누구일까?
아무리 생각해도 그
범인의 얼굴이 떠오르지 않는다.

詩 한편을 팔아서
은행나무표 약을 사던 날은
바람에 흩어지는 낙엽이
세월의 무상함을 알려주던 날이었다.

되피절 부처님*

내 어린 시절
한다리 건너 관우리 지나
되피절 부처님 찾아가던 길은
초록빛 비단의 꿈길이었네.

바늘에 찔린 오른 손가락
왼손으로 지그시 감싸쥐시고
이승의 새빨간 노을을 보며
안쓰러이 웃으시던 되피절 부처님.

내 고향 철원이
毛乙冬非라 불리던 아득한 옛날
가난한 집 아이들 누더기옷을
꿰매주시다 다친 손가락.

그 손에서 흘러내린 자비의 피가
싸움에 지친 마음에 연꽃을 피워
철원 평야 매운바람 거두어가고
통일의 봄볕을 비쳐주소서!

* 되피절 부처님은 민통선 안에 있는 도피안사의 비로자나불을 뜻한다. 도
피안사는 사변 전만 하더라도 철원 사람 모두의 원찰이었다.

갑사에서

대자암 가는 길에
나리꽃 한송이를 만났다.
그 눈부신 단청만으로도
죄 많은 길손
아미타불의 빛여울 속으로
이끌어주는 계룡 갑사.
멍석바위에 앉아서
인연의 줄 더듬고 있는 이에게
"염불이 끝나면 공양 드시러 오세요."
하고 나리꽃은 속삭였다.
순간, 물참나무 가지에서 울던
매미도 소리를 멈추고
흰 구름 피어오르는 관음봉 위에
부처님 앉아 계신 것이 보였다.

응원가

만국기 펄럭이는 운동장이다
대가리가 대가리끼리 모여서 싸운다.

　대가리 대가리
　똥대가리
　대가리 대가리
　개대가리

　대가리 터지게
　싸운다
　부처님 죽이고
　싸운다.

(식기 전에 잿밥이나 처먹어라!)

소리

병든 말 한마리가
광야를 가고 있다.

사막의 모래알들이
일제히 일어서며 소리쳤다.

해 돋는 쪽으로 가랴?
아니,

해 지는 쪽으로 가라
해 지는 쪽으로 가라!

좋은 날

어제는 영동에 가서
詩를 낭독하고

밤새워 술 마시고
노래 부르고

올갱잇국 한그릇으로
속을 풀었다.

영국사 올라가는 호젓한 산길,

부처님보다 눈부신
은행나무를 보았다.

소설가 김성동이
그 절에 유하면서

낙엽을 주워 모아
만다라를 그리고 있었다.

보리밭

보리밭의 문둥이는
뼈만 남아서
까스라기 찌르는 풋보리알을
까먹다가 까먹다가 울었습니다.

— 휘어이, 휘이!

해마다 이맘때면
보릿고개라
새 쫓던 아이가 달려와서는
문둥이 품에 안겨 죽었습니다.

— 휘어이, 휘이!

보리밭 그 자리를 깔아뭉개고
오늘은 고속도로 지나갑니다.
까실까실 풋보리의 고소한 맛도
새 쫓던 아이의 아린 살맛도
문둥이는 잊은 지 오래답니다.

— 휘어이, 휘이!

가로등의 노래

밤마다 우리 골목을 지켜주는
오렌지색 등불이여,
아직 돌아오지 않은 가장이 있느냐?

어제는 자정 넘어 골목길에서
어린 남매가 우는 것을 보았다.
어미는 집 나간 지 보름이 지났고
아비는 술집에 있는지 오지 않았다.

살기 좋은 세상이 되었다지만
돈 없는 사람 아직도 많고
일자리 없는 사람도 아직은 많다.

골목길을 지키는 따뜻한 불빛이여,
죄 없는 어린것들 보살펴주고
부모 잃은 남매를 다독여다오,
아비 어미가 돌아와 누울 때까지!

「송별」을 읽으며

한평생 난과 매화를
사랑하시다 가신 님,
오늘은 정결한 그 꽃이 지고
복사꽃이 피었습니다.

복사꽃 그늘에 자리를 펴고
"십리가 못되는 길도
백리보다 멀다"고 하신
님의 글귀를 읊어봅니다.

촛불을 다시 혀고
잔 들고 마주 앉아
밤새껏 하시던 얘기 남긴 채
날은 이미 밝았는데,

잡은 손 놓으시고
그믐달처럼 가신 님이여,
재 너머 묵정밭 마을에도
복사꽃이 피었습니까?

* 「送別」은 가람 이병기 선생의 작품이다. 그 시조에 화답하는 마음으로 이
시를 썼다.

무릉[*] 가는 길 1

이제 우리는
어디로 가야 하는지를 정해야 한다.
가까운 길이 있고 먼뎃길이 있다.
어디로 가든 처마 끝에
등불 달린 주막은 하나지만
가는 사람에 따라서 길은
다른 경관을 보여준다.

보아라 길손이여,
길은 고달프고 골짜기보다 험하다.
눈 덮인 산정에는 안개 속에 벼랑이
어둠이 깔린 숲에서는
성깔 거친 짐승들이 울고 있다.
길은 어느 곳이나 위험천만
집 잃은 그대여, 어디로 가려 하느냐?

그럼에도 나는 권한다.
두 다리에 힘주고 걸어가라고
두 눈 똑바로 뜨고 찾아가라고
길은 두려움 모르는 자를 두려워한다고
가다보면 새로운 길이 열릴 거라고.

……한데, 어디에 있지?
지도에도 없는 꽃밭
무릉.

* 武陵은 신선이 살았다는 전설의 명승지. 무릉도원(武陵桃源)이라는 말도
있다.

무릉 가는 길 2

그가 우리를 맞으러 오기까지는
우리는 우리의 길을 가야 한다.
우리는 그가 어떤 모습으로 오는지를 모른다.
그는 첫날밤의 신랑처럼 오는가?
머리에 꽃 꽂고 흑단령 입은
새서방처럼 걸어오는가? 아니면,
온몸에 검은 피 두른 꼭두서니 장승처럼
우락부락한 모습으로 다가오는가?

아마도 그는
말 한마디 하지 않으리라.
고갯짓으로만 갈 길을 재촉하고
무릉 가는 길표도 일러주지 않으리라.
그의 등 뒤에서는 매운 안개 흩어지고
한 숨결의 바람이 등불을 흔들리라.
허나 우리는 두려워하면 안된다,
믿음직스러운 신랑의 모습으로 오든
사납고 어두운 장승의 모습으로 오든
두려워 말고 기다려야 한다.

그가 지금 당장

시간의 말을 타고 달려오는 것은 달가운 일이 아니지만
언젠가 오리라는 것을 우리는 알고 있다.
그러므로 이제부터라도 서서히
손님 맞을 채비를 해야 한다.
섬돌 위에 고무신도 깨끗이 씻어놓고
진솔옷 한벌도 마련해둬야 한다.
그리고 때가 오기까지는
초례청으로 향하는 새색시처럼
뒤돌아보지 말고 기다려야 한다.

──준비 다 됐습니까? 레디 고!

무릉 가는 길 3

무릉 가는 길은
경마장 가는 길보다 얼마나 멀까?
말들이 미친 듯이 달려가고
사람들이 미친 듯이 환호하는
경마장 지나서 얼마쯤을 더 가야
복사꽃 핀 마을이 나타날까?

나도 소싯적에
동대문구 신설동 미나리꽝 옆
경마장 출입을 한 경험이 있다.
활주로처럼 생긴 경주로에서
검정말 흰말 다갈색 말들이 꽝!
하는 피스톨 소리와 함께
입에 거품을 물고 달려나갔다.

그러면 꾼들은
정신병원에서 도망쳐 나온 환자처럼
한 손에는 마권, 한 손에는
지린내 나는 손수건을 흔들면서
와아와아 소리를 지르거나
발버둥을 쳤다.

이제 슬슬 시작해볼까?
그 미친 녀석들 사이를
다람쥐처럼 누비고 다니면서 나는
얼빠진 호주머니 속에서 고개를 내민
배춧잎을 슬쩍 낚아채곤 했었다,
무릉 가는 기동차 표는 값이 비싸다.

아, 그게 벌써 몇십년 전 일인가?
전쟁과 혁명으로 얼룩진 세월이 지나가고
계집은 도망가고
동무들은 늙어서 땅속에 묻혔건만
나는 아직도 무릉에 다다르지 못했다.
그날 경마장에서 번 돈도 다 날리고
머리카락이 허옇게 바래었건만
무릉은 갈수록 멀기만 하고
이제는 눈앞이 어지럽기만 하다.

무릉 가는 길 4

이렇게 고기는 고기대로
뼈는 뼈대로, 기름은 기름대로
힘줄은 힘줄대로 다 발리고 나면
남는 게 무엇일까?

가죽은 꾸깃꾸깃
구정물 속에 처박히고,
아직도 눈감지 못한 머리의 뿔은
하늘을 찌르고 있는데,

쇠파리 쫓던 꼬리와
논밭 갈던 네 다리가 어기적어기적
무릉으로 가게 될 날은 언제쯤일까?
만약 소에게도 꿈이 있다면……

무릉 가는 길 5

누구든 그곳으로 가고 싶어한다.

들판이 끝난 곳에 여울이 흐르고
여울을 건너면 이끼 낀 돌문.
돌문 열고 들어가면 앵두꽃 마을
너와집 한채가 그 속에 숨어서
일 마친 농부가 낮잠을 자고 있다.
머루알 같은 배꼽을
바지춤으로 드러낸 채……

이런 그림을 본 사람은 씨가 말랐다.

새 점

네가 내 속을
알 수 없을 텐데도
호박의 부리를 지닌 작은 새야,
너는 내 마음을 안다고 한다.

오가는 사람들의 발길 아래
휴지와 흙먼지로 더럽혀진 거리 한 모퉁이에서
비취색 희망을 노래하는 지혜의 새야,
미로와 같은 슬픔 속에 갇힌
내 욕망을 알고 있느냐, 너는?
쇠잔한 불꽃을 안타까워하는 내 영혼을……

네가 꿈꾸는 별은 어디 있느냐,
몇억광년 밖 星雲 속에서 빛나는
어느 별자리가 너의 주소냐?
그리고 내 별은 어디 있느냐,
전갈좌 부근 블랙홀에서
구더기를 파먹고 자라는 진주조개냐?

囹圄의 창살 너머로
불가사의를 예언하는 고독한 철학자,

네가 내 마음을 알 수 없을 텐데도
너는 내 운명을 안다고 한다.

모란시장에서

이 아름다운 햇살을 주신 이가
그 누구인지 나는 모른다.
나는 그를 본 적 없고 만난 적도 없지만
이 봄에 핀 산수유꽃 위에 쏟아지는
눈부신 햇살을 바라볼 때마다
도피안사 큰 법당에 앉아 계시던
비로자나불을 생각는다.

내가 어둡고 스산한
도회의 뒷골목을 헤맬 때
물앵두나무 가지의 유연한 팔로 비로자나불은
시궁에 빠져서 허우적거리는 이 몸을 건져주셨고,
사람들로 붐비는 시장 한가운데서
지향 없이 방황하는 나를
가랑비 멎은 구름의 틈서리로 내비친
햇살 같은 길로 인도해주셨다.

뵌 적 없고 만난 적도 없지만
따스한 빛으로 언 손을 녹여주시던 이,
뵌 적 없고 만난 적도 없지만
한잔의 감로주로 식은 가슴을 녹여주시던 이,

그 자비의 아들이다, 나는.

─ 골라봐라 골라봐, 마음만 맞으면 거저도 줘!

형수

그해 여름
자귀나무에 꽃 피더니
소쩍새는 밤마다 청승맞게 울고
싸움터로 나간 이는 돌아오지 않았다.
영명한 장군의 영도 아래
불패의 전사들이 서울을 점령하고
부산을 해방시키려고 물밀듯이 쳐내려간다고
스피커는 요란을 떨었지만,
남편을 떠나보낸 애젊은 아내는
우물가에서도 웃을 줄을 몰랐다.

그해 가을
백일홍꽃이 지고
높새바람 산을 넘자
참담한 소식이 들려왔다.
낙동강까지 진격한 무적의 전사들이
우박 맞은 푸성귀 되어 되밀려오는 중이라고……

그날 이후
낮에는 비행기 소리에 옴쭉을 못했지만
밤이면 형수는 뒷동산에 올라가

남쪽 하늘을 바라보며 두 손 모아 빌었다.
우리 집 그이 무사히 돌아오게 하옵소서!

우거진 갈대밭에
휘몰아치던 서리 찬 바람
몇몇해던가?
삼단 같은 머리카락
쑥대강이로 변한 지 몇몇해던가?
오늘도 늙은 형수는
정화수에 불 켜놓고 눈을 감는다.
이 세상 어디든
우리 집 대주 살아 있게만 하옵소서, 신령님!

재판
해방 직후

화룡의 대지주
이영춘 씨가 재판을 받던 날
운동장에서 뛰어노는 아이들은
교단 앞으로 모이라는 명령을 받았다.

포승줄에 묶인 채
이영춘 씨가 끌려나오자
저놈 죽여라! 하는 함성이
아이들 뒤켠에서 터져나왔다.

어제까지의 위세는 어디로 갔는지
이영춘 씨는 두 손 모아 빌면서
재산을 다 바칠 테니
목숨만은 살려달라고 애원했다.

모젤 권총을 찬 팔로군 장교가
이영춘 씨를 향해서 냅다 소리를 질렀다.
악질 지주에 반동이 된 이영춘 씨는
얼빠진 눈으로 그를 쳐다보았다.

이윽고 장교가 오른팔을 휘두르며

인민의 적을 처단하는 데 찬성하느냐고 물었다.
아이들 뒤켠에서 이번에도
옳소! 하는 함성이 터져나왔다.

인민의 적이 된 이영춘 씨는
장교의 바짓가랑이를 붙잡고 매달렸다.
눈물 번진 얼굴이 애처로웠으나
장교의 발길이 턱주가리를 걷어찼다.

— 탕! 탕! 탕!

모젤 권총이 불을 뿜었고
이영춘 씨는 앞으로 고꾸라졌다.
아이들은 영문도 모르고 박수를 쳤고
이것으로 끝! 구경치고는 싱거웠다.

여우 사냥

머리에 털벙거지를 쓰고 다닌대서
벙거지아바이로 불리던 김 포수는
멧돼지 사냥의 명수였다.
화전이 많은 백운평* 뒷산으로
개를 데리고 사냥을 나가면
영락없이 짐승을 잡아오곤 했었다.

　　—이봅세, 내 말 좀 들어보오.
어느날 김 포수가 나를 불러세웠다.
동짓달 초아흐레 눈 쌓인 날에
벙거지아바이는 사냥을 나갔단다.
귀곡새 우는 산골짜기에는
마른 갈대 서걱이고
풀숲에서 산꿩이 경끼하듯이 날아갔다.

　　—우리 워리가 먼저
갈대밭에서 사냥거리를 찾았습지비.
꼬리를 칼처럼 세우고 도망갑데다.
컹컹 짖는 개 울음소리에
캥캥 우는 여우 소리가 들려왔잖이오.
털에 기름이 자르르 흐르고

꼬랑지가 빗자루 같은 은여우였소.
데걸 잡아서 장에 내다 팔면
삼백냥은 눈 감고 받을 게야.
방아쇠에 손을 걸고 비호같이 뛰었소.

　──젊은이, 헌데 그 여우가
어드메로 들어갔는지 아오?
주인 없는 무덤에 뚫린 구멍 속이었소.
비목은 삭아서 옆으로 눕고
사태가 내려 봉분도 물난 자리 같았소.
부서진 나무토막의 희미한 먹글씨로
칠십년 전에 싸우다 죽은
독립군의 무덤인 줄 알았소.

그 산자락 버려진 땅에 아직도
눈 못 감고 죽은 전사가 있다!

* 1920년 10월에 이곳에서 청산리 전투가 벌어졌었다.

流沙를 바라보며　343

독도

그 섬이
언제부터 거기에 있었던가?

신라 문무왕
동해의 용왕이 된 그 임금 이전부터,
혁거세와 동명성왕
아사달에 도읍을 정한 단군 왕검
그 이전부터,
하늘과 땅이 처음 열리고
해와 달이 눈부시게 빛날 때부터
그 섬은 거기에 있었다.

백두의 큰 줄기 힘차게 뻗어내려
붓끝처럼 삐쳐 올라간 반도의 부리
해맞이 마을 영일만에서
고래잡이로 살아가던 한 사내가
바다 저편에서 밀려오는
사악한 힘을 물리치기 위해
수자리 떠나온 지도 아득한 세월.

그 씩씩하고 날렵한 젊은이

외롭지만 의로운 사나이가
꽃 같은 새댁 뭍에다 두고
조국의 방패 되어
이 섬으로 달려온 지도 반백년!

밤하늘에 먹구름 깔리고
거센 파도 바위에 몰아칠 때마다
두 눈 똑바로 뜨고
수평선 너머를 노려보면서
게 누구냐, 썩 물러가지 못할까?
눈보라 속에 치켜든 의지의 횃불,

독도는 우리 땅이다!

청관*에서

구더기 밑살같이
가난한 집에서도 새장 하나쯤
나무에 매달고 즐기는 것은
중국인의 풍류다.
그 옛날,
바다가 내려다보이는 언덕 위에서
호떡장사를 하던
메이링, 너의 집 추녀 끝에도
새장 하나가 매달려
노란 카나리아가 울고 있었다.

이제 거기서 살던
靑袍 입은 사람들은 다 흩어지고
위안스카이가 술 마시러 다녔다는
공화춘도 대관원도 찾을 길이 없지만,
자유공원 동물원 쇠그물 속에서 우는
부리가 빨간 호반새를 볼 때마다
메이링, 갈래머리 바람에 나풀거리던 너의
매화꽃 같은 얼굴이 떠오른다.

* 淸館은 제물포(인천)에 있는 중국인 거리. 공화춘과 대관원은 그곳에 있었
던 청요릿집 이름이다. 위안스카이는 원세개.

返歌

나이 예순이 꽉 차는 날
탄탄한 대로를 나는 버리고
외진 산길을 걷기로 했다.

조숙한 천재 랭보는
열아홉 피 끓는 어린 나이에
돈 안되는 詩를 외면했다지만,

후진국에 태어나서
가난밖에 보답 없는 詩를 써온 나는
이제야 지나온 먼 길을 돌아본다.

불면으로 뒤척이던 기나긴 밤을
한 구절의 詩를 찾아 헤맨 적도 있지만
꽃보다도 소중한 목숨을 위해

이 아침,
동해 바다의 거센 물결
모래 위에 쓴 글씨를 다시 지운다.

* 1965년 8월에 쓴 시를 1995년 12월에 다시 매만진다. '서른'의 나이가 '예
순'으로 바뀌었다. 세상은 많이 달라졌지만 그때 그 마음은 변함이 없다.

북극을 지나며

내가 건너온 수많은 바다를
다 너에게 보여줄 수는 없다.
流氷이 깔린 끝없는 대지와
이끼 묻은 얼음에 박힌
핏자국의 의미를
다 너에게 들려줄 수는 없다.

오로라가 휘장을 친
극한의 하늘에는 북극성이 빛나고,
우리를 이곳까지 휘몰아 보낸
하늘의 神은
유콘 강을 맨발로 건너서
순록의 발자국 따라가라고 한다.

원시와 문명이 공존하는
미지의 세계로!

한 인디언 추장에게

그대의 키 작은 딸을 내게 주시오.
나는 가진 것 없이 떠도는 몸이지만
피리 한가락 가슴에 품고 있으니,

검은 머리카락 길게 땋아내린
춤 잘 추는 그대의 딸을 내게 주시오.
밤하늘의 별처럼 흩어져버린
페쿼드족*의 추장 흰머리독수리여!

그대의 허리 가는 딸을 내게 주시오.
밤꾀꼬리 우는 단풍나무 아래
모닥불 피워놓고 피리를 불면,

그대의 가련한 딸은
은방울 흔들면서 춤을 추리니,
이 들판에서 죽은 어느 영혼인들
그 소리 들으면 눈물짓지 않으리.

* 페쿼드족은 미국 동부에 흩어져 살고 있던 인디언의 한 부족. 17세기 초에
  백인들의 학살로 멸망했다.

늙은 상수리나무

예전에는 있지도 않았다는
사막 속의 신기루 라스베이거스를 지나
그랜드캐니언으로 가는 길에
하늘을 찌를 듯이 솟아오른
상수리나무 한그루를 보았다.

구름같이 피어오른 암록색 잎사귀는
제왕이 쓰다 버린 日傘처럼 무성하고
거친 땅을 움켜잡은 억센 뿌리는
용의 발톱, 비늘로 덮여 있었다.

"내 나이는 오백 하고도 하나
기쁜 날보다 슬픈 날이 많았소이다.
수많은 무고한 젊은이들이
내 무성한 가지 아래 피 흘리며 쓰러지고,
토지를 빼앗긴 유랑의 무리들은
내 잎을 따서 가슴에 안고
골짜기 너머 황무지로 쫓겨갔소이다.
내 거죽에 찍힌 비바람과
벼락불의 상처를 눈여겨보신 이라면,
죽지 못해서 살아온

내 슬픔을 아시리이다."

늙은 상수리나무는
곰방대에 불을 붙여 연기를 내뿜었다
── 화산처럼!

울음소리

어디선가
갓난아이 울음소리가 들려온다.

밤의 장막 하늘에는
모래알 같은 별만 남고
싸늘한 밤바람이 사위를 제압한다.

어디선가
갓난아이 울음소리가 들려온다.

방울뱀과 날다람쥐는
유카나무 뒤에 숨고
뿔사슴과 살쾡이는
벼랑 밑 굴에 숨었다.

어디선가
갓난아이 울음소리가 들려온다.

풀 한포기 나지 않은
바위산 꼭대기에서
짝 잃은 늑대가 어둠을 짖는다.

어디선가
갓난아이 울음소리가 들려온다.

너 자라거든 전사가 되어라
너 자라거든 전사가 되어라,
총알 맞은 어미의 아들이 운다
총알 맞은 아비의 아들이 운다!

기도하는 여인
San Xavier 교회에서

이 하나님은
내 하나님이 아닙니다.
저 하나님도
내 하나님이 아닙니다.
하나님이 죽은 이 땅에서 태어나
형상 없는 신에게 기도를 드립니다.
은으로 만든 향로 머리 위에 치켜들고
갈구하는 눈빛으로 기도를 드립니다.

내 하나님 내 하나님,
멸망한 겨레붙이의 가슴속에 사시다
멸망한 겨레와 함께 멸망하신 하나님.
마야의 피라미드와 잉카의 신전에
슬픔의 정령 되어 파묻히신 하나님.

내 하나님 내 하나님,
문명의 양심과 함께 박살이 난 하나님.
장엄하고 거대한 바위의 도시에서
별똥같이 추방되어 요절하신 하나님.

죽어서 초승달이 된 하나님

죽어서 모래알이 된 하나님
죽어서 극락조가 된 하나님
죽어서 코요테가 된 하나님
죽어서 원시림이 된 하나님
죽어서 저녁놀이 된 하나님
죽어서 바람 소리가 된 하나님
죽어서 하나님이 된 하나님!

내 하나님께 빕니다.
피눈물을 흘리면서 빕니다.
억압하는 자들을 억눌러주시고
겨레의 영혼을 일깨워주옵소서!

---

* 백인들이 그 땅을 침범하기 전까지 아메리카 원주민의 신앙은 정령숭배
  (animism)였다. 백인이 그들에게 기독교를 강요했다, 총칼을 들이대고.

유언

나바호의 박수무당*
바람 속의 미치광이를 만난 것은
다 쓰러져가는 그의
오두막집 앞에서였다.

머리에 붉은 띠 두른 박수무당은
자갈밭처럼 갈라진 손에 북채를 잡고
멀리서 온 나그네의 얼굴을 유심히 쳐다보았다.
땀방울에 젖었다 마른 수피의 살갗,
그러나 움푹 팬 구멍 속에서 빛나는 눈은
민둥산 위에 걸린 초승달 같았다.
한잔의 위스키와 담배를 권하자
소금버캐 낀 입술을 혀로 축이며 말문을 열었다.

"오랜 세월을 기다렸소, 나는.
사막의 회오리바람이 눈보라를 일으키고
天狼星이 밤하늘에 모닥불을 피워올릴 때
저 아득한 지평선 너머에서
우리를 구해줄 무적의 용사가
날개 달린 투구 머리에 쓰고
함성을 지르며 달려오리라 믿었소.

핍박받는 노예가 된 종족들을 위하여
병들고 굶주린 겨레붙이를 위하여
이 땅을 가로챈 불한당들을 몰아내고
해방의 북소리 울려주길 빌었소.
....

그러나 이제 나는 죽고 싶소.
종족의 혈기가 다 식은 이 마당에
침묵의 신은 나에게
뭘 기대하는지 모르겠구려."

* 여기서 말하는 박수무당(medicine man)은 북아메리카 인디언 세계에서는
  의사이자 주술사였다.

맨해튼에서

뉴욕의 맨해튼
엠파이어스테이트 빌딩 앞
가로등에 기대어 나는
담배를 뻐끔거리고 있었다.

지나가던 몸집 큰 녀석 하나가
나를 흘낏 돌아보았다.
검은 모자
검은 안경
검은 망또
모가지에 쇠줄 맨 검정개를 앞세우고
그 사나이는
깡통으로 만든 요령을 흔들면서
하나님의 심부름꾼처럼 외치고 다녔다.

　"흰둥이 새끼들아, 주머니 끈을 풀러라
　흰둥이 새끼들아, 주머니 끈을 풀러라
　배고픈 자를 위하여!"

그자의 눈에는 나도 동업자로 비쳤을까?
얼굴은 깡마르고 키는 작지만

바다 건너 아시아에서 빌어먹다 굴러온
동양 거지쯤으로 보였는지,
분화구 같은 입을 벌리고 씩 웃었다.

나는 생각했다…… 내가 만약
내 나라에 아내와 자식을 두고 온 몸이 아니라면
나도 저 흑인처럼 이 거리에 서서
소리를 질렀을까?

　"흰둥이 새끼들아, 잡은 고삐를 놓아라
　　흰둥이 새끼들아, 잡은 고삐를 놓아라
　　동양 평화를 위하여!"

사막의 장미

사막에서는 바람이
어디서 불어오는지를 모른다.
동에서 부는가 하면 서에서 불어오고
남에서 부는가 하면 북에서 불어온다.

사막에서는 차가
어디로 달려가고 있는지를 모른다.
판에 박힌 풍경 속에 무한궤도
하이웨이만이 직선으로 뻗어 있다.

'사막의 장미'란 낭만적인 돌이 있다.
달밤이면 수정 같은 돌멩이가
떼굴떼굴 집시처럼 굴러다닌다.
강파른 나무뿌리에 걸려 몸살을 앓다가도
도리깨바람에 휘말리면 허공으로 치솟는다.
제 땅에서 추방된 인디언의 영혼인가?

Desert Rose……
그 사막의 장미가 어느날
조개껍질, 산호, 박제 악어, 토기 항아리
온갖 잡동사니에 뒤섞여서

남대문 지하도에 나타난 것을 보았다.
매연과 소음에 노랗게 질린 얼굴로
"여기도 살 만한 곳이 못되는군!"
하고 중얼거렸다.

늙은 풍각쟁이
나의 벗 긴즈버그에게

늙은 풍각쟁이 앨런,
그대를 여기서 만날 줄은 몰랐군.
기둥뿌리가 썩어서 바다로 기어드는 뉴욕
맨해튼에서 할렘에서 브로드웨이에서
워싱턴 광장 자유의 여신상
브루클린 다리 위에서,
한여름에도 검은색 양복을 입고
검은 모자 검은 안경 쓰고
금송아지 가죽으로 뚜껑 덮은 율법책 옆구리에 끼고
"배고프다, 돈 없으면 죽는다."고 중얼거리는
늙은 유태인.

눈깔 빠지게 신을 기다리는
이 광신의 땅에서
대낮에도 엉덩이를 까고 유혹하는 백인 매춘부와
대낮에도 총을 들이대고 돈을 요구하는
흑인 강도들의 틈바구니에서,
세계 제일의 자본주의의 낙원에서
앨런, 그대는 왜 손풍금을 울리며
"America this is quite serious!"[1]라고 외치는가?
미합중국 최후의 음유시인 최후의 방랑자

그대 말마따나 미국은 너무나 심각하고
우리가 사는 이 세상도 너무나 심각한가?

어디선가 매일
수십만의 인간이 죽어가고 있다.
굶어 죽고 총 맞아 죽고 병들어 죽고
날아오는 미사일의 밥이 되어 죽고,
증오도 없이 달려드는 차바퀴 밑
눈먼 이기주의의 무한궤도에 깔려 죽고,
무너지는 다리 광산의 돌더미
철야 작업 공장의 벨트에 휘말려 죽는다.
그뿐인가, 물고문 전기고문 성고문 최루탄에 맞아 죽고
폐수와 매연 화공약품에 숨 막혀 죽고
돈과 여자와 마약, 덧없는 욕망을 즐기다가 죽고
울화가 치밀어 정신없이 마신 술에
곯아떨어져 죽는 자도 있다.
─ 이념을 위해서 죽은 자는 불쌍하도다.
(뉴욕 지하철의 낙서)

정말 심각한가, 앨런.
애팔래치아 산속의 고향 마을에서

강제로 추방된 체로키 인디언[2]같이.
(그대는 설마 이 사건을 모른다고는 하지 않겠지?
불과 백오십년 전 얘기니까……)
매운바람 휘몰아치는 엄동설한에
굶주린 원주민들의 누더기 같은 행렬이
피 묻은 맨발로 얼음강[3]을 건너서
서부의 황무지 오클라호마로 쫓겨갔다.
눈물의 길[4], 천삼백 킬로미터의 진창길을 걸어서.

도중에 그들은
얼어 죽고 굶어 죽고 매 맞아 죽고
곱상한 계집애는 풀숲으로 끌려가고
반항하는 젊은이는 총 맞아 죽었다.
절뚝거리는 늙은이는 개머리판으로 후려치고
우는 아이는 군홧발에 짓밟혀 죽었다.
이 모두가 위대한 개척자의 나라
합중국 정부의 명령에 의해서 자행된 일인데,
"신이 주신 풍요로운 땅을
제대로 가꾸지 못하는 인디언의 존재는
신의 뜻에 어긋난다."는 이유 때문이었다.

친애하는 앨런,
기억하는가 베트남의 작은 마을 솜미를?
푸른 논밭에 내려앉은 헬리콥터에서
팔십명의 용감한 총잡이가 뛰어내려
카우보이 기병대가 인디언을 사냥하듯
"I no Viet Cong!" 하고 울부짖는
무고한 촌사람 사백오십명을 쏴 죽였다.
대들지도 못하고 도망치기에 바빴던
노약자와 부녀자와 갓난애까지.
완전히 돌아버린 미국적 정의와
끝없이 비틀거리는 이성과 질서 ─
너무나 심각하다, 앨런!

1) 긴즈버그의 시 「America」의 한 구절.
2) 미국의 남동부에 거주하던 원주민의 한 부족. 합중국 정부의 원주민 정책에 순응하여 백인과의 전투를 포기하고 평화적인 공존 가능성을 믿으며 체로키 네이션(Cherokee Nation)을 탄생시켰다. 그러나 이러한 노력에도 불구하고 백인들의 만족할 줄 모르는 토지 점유욕에 밀려서 1837년 1월, 서부의 황무지 오클라호마로 추방되었다.
3) 미시시피 강.
4) Trail of tears.

과달루페를 지나며

산은 늘 구름에 가려
그 얼굴을 드러내지 않았다.
우람한 성채같이 날개 편 바위 아래
원주민의 토담집은 나직이 웅크리고
선인장과 유카, 오코티요가
꽃을 피운 거친 땅에
엘크사슴과 도마뱀, 표범의 무리들이
짝짓고 어울리며 살아가고 있었다.

과달루페 마운틴[1]
이것이 그 聖山의 이름이었다.
석양에 비친 산의 자태는
날개옷 걸친 대추장의 위엄 넘치는 모습 같고,
백여년 전 이 산 밑에서 벌어진
학살의 분노를 못 잊었는지
천둥 번개 휘몰아치는 비를 뿌려서
나그네의 마음을 두렵게 만들었다.

홀연 그 거대한 산의 이마빡에서
한 목소리가 들려왔다.
화산이 터질 때 나는 소리 같기도 하고

중생대의 길짐승이 울부짖는 소리 같기도 한
그 목소리는,
어둠이 깃든 계곡과 평원에 메아리쳐서
꿇어엎드린 만물을 으스스 떨게 했다.

저 멀리 지평을 누비고 흐르는
리오그란데 강이여,
내 어린 자식과 그 자식의 자식들이 빨아 먹고 자란
풍요로운 젖가슴의 여인이여, 내 말을 들어라!
또 하늘에 무지개 걸린 강가에서
손도끼와 방패와 창을 높이 들고 들소 사냥을 하던
메스칼레로 아파치의 전사들이여,
내 말을 들어라!

너희들이 강보에 싸여 누워 있을 때
한 사악한 인종들이 우리 땅으로 들어왔다.
저 황혼 비낀 구름바다가 끝나는 곳,
애팔래치아 산맥[2] 너머 마사소이트의 땅에
누더기 같은 돛단배 한척이 대양을 건너서
자작나무가 우거진 샛강으로 들어왔다,
십자가에 못 박힌 사내를 앞세우고 ──

그 난파한 배에는
검은 모자, 검은 옷에 검은 총을 든
음습한 사내들이 타고 있었다.
병들고 굶주린 아녀자들과
해골같이 여윈 늙은이도 타고 있었다.
험난한 뱃길에 걸레가 되었는지
뭍으로 올라선 사람들은 십자가를 땅에 꽂고
고개 숙여 흐느끼며 주문을 외기 시작했다.

　광야에서 외치는 자의
　소리가 들린다.
　네 주의 길을 예비하라.
　모든 골짜기는 메우고
　모든 산과 언덕은 낮아지게 하라.
　굽은 데는 곧게 하고
　험한 길이 평탄해지는 날
　너희는 주의 영광을 보게 되리라.[3]

우리의 왕 와칸나소콕과 그 백성들은
이 가련한 자들을 위해 잔치를 베풀고

거처할 천막을 마련해주었다.
또 겨울이 가고 봄이 오면 심어 먹어야 할
옥수수 씨앗도 나눠주었다.
유랑의 무리들은 관대한 주인을 위해서
줄타기와 칼춤추기, 총 쏘며 말달리기
이방의 재주를 다 부려 보였지만,
그 요란한 광대짓은 왁살스럽기만 할 뿐
주민들의 마음에 기쁨은 주지 않았다.

하늬바람 부는 새봄이 돌아왔다.
겨울잠에서 깨어난 원주민들은
기지개 켜는 들판에 씨앗 뿌릴 궁리를 했다.
멕시코 하늘에서 제비가 날아오자
희끗희끗한 잔설 곁에 히아신스가 피었다.
사냥을 떠난 장정들이 마을로 돌아오니
큰 마당에서 파우워우 축제가 벌어졌다.
북소리는 둥둥둥 흥겹게 울리고
은방울 달린 춤옷 입은 처녀아이들이
발장단도 가볍게 사스미춤을 추었다.
구경꾼들은 일제히 나뭇잎을 흔들고—

여름은 가혹했다.
뜨거운 모래바람이 내륙에서 불어와
잎 핀 곡식들을 시들게 하고,
바람이 멎자 이번에는 장대비를 퍼부어
흙 속에 박힌 뿌리를 뒤흔들었다.
그럼에도 푸른 목숨은 줄기차게 자라서
우박 맞고 아문 잎에도 생기가 돌았다.

곡식이 영그는 달 구월이 돌아오자
옥수수나무에는 팔뚝 같은 열매가 달리고
땅 깊은 곳에서는 감자가 알을 품었다.
풍년 든 대지는 보기만 해도 배불렀지만
나그네들의 밭에는 알곡보다 쭉정이가 흔했다.
여름내 술 마시고 총 쏘며 놀았기에
하늘이 그 땅에는 수확을 적게 준 것이다.

그럼에도 잎 떨어지는 달
시월이 다가오자 영악한 무리들은
하늘 제사를 지낸다며 법석을 떨었다.
십자가에 매달린 우상을 떠받들고
추수감사제를 지낸다는 것이었다.

초대받은 우리의 왕 와칸나소콕은
부하들을 거느리고 그 자리로 나아갔다.
숲에서 잡은 노루 다섯마리와
칠면조 수십마리를 짐꾼에게 메우고 ─
백인들은 왕에게 위스키를 권했지만
이 '망령된 물'을 와칸나소콕은 완강히 거절했다.
술 취한 자들이 방자하게 굴며 떠들었으나
손님으로 온 몸이라 내색하지 않았다.

마침내 한 녀석이 무리에서 뛰쳐나와
거친 목소리로 떠들기 시작했다.
"이 기름진 땅은 우리의 것이다.
십자가에 못 박힌 우리 주 크리스토스는
그 대속의 구원으로 이 땅을 우리에게 주셨다.
이 땅에서 나는 모든 곡식과 짐승,
하늘을 나는 새들까지 우리 것이다!"
침정한 왕은 그자의 무례함을 눈치챘으나
위엄을 지키면서 입을 다물었다.

그 버릇없는 흰둥이놈이
왕의 딸 아쿠나코나를 겁탈한 것은

추수감사절이 끝나던 날 새벽이었다.
음욕에 눈이 먼 포악한 사내는
초대받은 이들이 곯아떨어진 사이에
뱀처럼 처녀의 방에 숨어들었다.
와칸나소콕의 정숙한 따님은
몸부림치며 야수에게 대들었으나
억센 수컷은 여자의 머리를 때려 혼절시키고
풀밭으로 끌고 가서 수욕을 채웠다.
더럽혀진 아쿠나코나는 누운 채로 울었으나
바지를 추킨 흰둥이는 어둠속으로 사라졌다.

날이 밝았다.
눈부신 태양이 산 위에 떠오르자
지빠귀들이 날아오르며 아침을 찬미했다.
그러나 순결을 도둑맞은 아쿠나코나는
해가 중천에 떠도 나타나지 않았다.
와칸나소콕과 그의 부하들은
허드슨 강변의 갈대숲을 샅샅이 뒤졌으나
어느 물굽이로 뛰어들었는지 기박한 여인은
두번 다시 물 위로 떠오르지 않았다.
강기슭에 떨어진 피 묻은 손수건 한장이

그녀의 슬픈 운명을 말해주고 있을 뿐—

비통한 말들이 나돌기 시작했다.
가족을 잃은 것은 왕만이 아니었다.
어느 마을에선 백인들이 남의 아내를 욕보이고
남편에게 술을 먹여 총으로 위협한 후
가축과 아이들을 잡아갔다는 것이었다.
또 백인들은 원주민 집에 불을 질러
떠나지 않는 사람들을 총으로 쏴 죽였다.
낙원으로 일컬어지던 축복받은 대지는
하루아침에 저주받은 땅으로 바뀌고 말았다.

와칸나소콕이 병들었다는 소문은
아쿠나코나가 실종된 지 여러달 만에 퍼졌다.
고독한 왕은 제 방에 모신 신주 앞에서
식음을 폐하고 신음하듯 중얼거렸다.
"내가 젊었을 때
나는 이 땅을 겁없이 활보하고 다녔다.
그때는 아파치족 말고
다른 종족이라곤 눈에 띄지도 않았다.
한데, 여름이 몇차례 지나간 뒤에 돌아보니

낯빛 다른 인종들이 이 땅을 차지하고 있었다.
……이게 어찌 된 일이냐?
아파치족이 노예 같은 삶을 이어가다니,
이제 아파치들은 산과 들을 떠돌아다니며
하늘이 무너져내리기만을 기다리고 있다!"4)

또 달 밝은 밤이면 와칸나소콕은
바람 부는 모래톱을 넋 없이 떠돌았다.
어둠이 깃든 숲에서는 밤꾀꼬리 울고
바위뿐인 민둥산에서 코요테가 달을 보며 짖었지만,
상심한 왕은 흩어진 머리카락도 걷어올리지 않은 채
기슭을 물어뜯는 강물만 바라보고 있었다.
와칸나소콕의 피맺힌 절규를 들어라!

"그들은 입으로 사랑을 말하지만
그들의 눈은 미움으로 이글거리고,
그들은 입으로 진실을 말하지만
그들의 마음은 거짓으로 가득 찼다.
그들의 탐욕은 시체를 뜯어 먹는 하이에나보다 게걸스럽고
그들의 잔인은 새끼 비둘기를 잡아먹는 독사보다도 사납다.
그들은 우리 조상들의 무덤을 파헤쳐

고귀한 유물들을 앗아갔고,
그들은 우리 둥지를 덮쳐서
미처 깨나지 않은 알까지 집어삼켰다.
검둥수리의 날개를 단 부싯돌 같은 용사들이여
목숨을 걸고 싸울 때가 다가왔다.
앉아서 죽느니 싸우다 죽어야 할
결전의 시기가 닥쳐왔도다.
화 있으라, 거짓을 진실로 덧입혀 말하는 자,
화 있으라, 폭력의 칼날로 영아의 요람을 깨부수는 자,
신령한 산들이 용암을 내뿜을 때
북 치며 일어나라, 알곤킨의 용사들이여!"

이 미치고 환장한 늙은 왕의 목소리는
눈바람에 실려서 대륙 깊이 흩어졌다.
나무에 긁혀 찢어진 그의 옷자락은
꼬리 빠진 황새의 때 묻은 깃털 같고,
돌부리에 걸려 넘어진 그의 무릎에서는
붉은 피가 쉴 새 없이 흘러내렸지만
메아리 되어 울려퍼진 위대한 왕의 목소리는
짓눌려 사는 인디언들에게 용기를 주었다.

1) 과달루페 마운틴은 미국의 서남부, 텍사스 주와 뉴멕시코 주 경계에 있는 큰 산. 인디언의 성지이다.
2) 애팔래치아는 미국 동부에 있는 큰 산맥. 뉴브룬스비크에서 남서쪽으로 뻗어 멕시코 만에 이른다.
3) 구약「이사야」40장 3~5절.
4) 치리카후아 아파치족의 추장 코치스가 한 말.

해
지
기
전의
사랑

시와시학사
2001

해 질 무렵

색유리처럼
깃털이 파르스름한
멧새 한마리
벽오동나무에 앉아서
가지를 튕기다가
天쯕으로 날아갔다.

그리로 가고 싶다!

남해도에서

먼 길을 돌아서
나 여기까지 왔네.
새파란 바닷물에
왕벚꽃 떨어지는 남해도.
십년 전 육지로 시집갔다 돌아온
곱분이가 살던 곳.
양철 지붕에 뻥끼칠을 한
곱분이의 집은 지금도
마늘밭머리에 그대로 있건만,
돌우물 곁에서 그물을 깁던
늙은 아비는
곱분이요? 그놈으 가시나
떠난 지 발써 여러해가 지났심더
하고 먼 하늘을 쳐다보았다.

늙은 솔로몬의 노래

아침마다 새들이
시나몬나무에 날아와 울 때는
내 마음 설레인다.

갓 핀 새하얀
꽃잎에 가려진 태양은
프리즘의 노래를 유리에 반사하고,

사랑하는 비빈들
떠나간 창틀에서 나는
새들의 예언에 귀 기울인다.

── 삐 삐 삐 삐, 휘 호로록 휘 호로록!

기다려라, 이제 곧
떠날 때가 돌아오리니……
참아라, 이제 곧
새 하늘이 밝아오리니……

떠나가는 배[*]

이리도 쉬 떠날 것을
그리도 오래 아팠었구나.

삼천포 앞바다의
봄 햇살 같은 물결

석양에 돌아오는
만선의 꿈도 접어두고

이승의 땟국
베적삼 한 자락 펄럭이며

떠나가는구나
뱃고동 소리도 없이!

[*] 박재삼 시인 일주기에.

길

해질녘에 나는 걷는다
정처 없이, 쓰라린 가슴에
바람을 안고.

한밤중에 나는 걷는다
정처 없이, 부엉이 우는
캄캄한 숲을 지나서.

새벽에도 나는 걷는다
정처 없이, 풀잎에 내린
이슬을 밟고.

아침을 향해 나는 걷는다
정처 없이, 노고지리 하늘 높이
날아오를 때까지!

느티나무 한그루

이 길을
늘 다니면서도
그 나무를
눈여겨본 것은
이번이 처음이다.

동대문에서
이화동으로 넘어가는
밋밋한 고갯길.
시멘트로 쌓아올린
부속병원 담 위에 우뚝 솟은
느티나무 한그루.
번개 치는 가지들……

그곳이 멀지 않다.

베로니카를 위하여

한송이의 꽃을
그 해맑은 웃음을

한송이의 꽃을
사랑의 어눌한 고백을

한송이의 꽃을
안으로 타오르는 거센 불길을

한송이의 꽃을
그 광막한 기다림을

한송이의 꽃을
유리창에 맴도는 쇠잔한 바람을

한송이의 꽃을
당신께 드립니다, 베로니카!

섬나리꽃

저 멀리 굽이진 산고개 너머
연두색 바다가 흔들리고,
그 바다를 향하여
한송이 섬나리꽃은 피었다.

바다가 우는,
바다가 우는 칠흑 같은 밤이면
꽃은 바람 맞은 기폭
몸부림치며 요령 소리로 울었고,

바다가 파랗게
가슴 설레는 푸른 달밤이면
꽃은 그리움, 그리움으로 발돋움하여
가문비나무 숲처럼 자랐다.

그리하여 이 저녁,
아쉬움같이 내리는 이슬을 맞고도
노을 속에 타오르는 황금빛 술잔
꽃은 진다.

해 지기 전의 사랑

해 지기 전에
나 그대 보고 싶으면
산수유꽃 한 가지
귓등에 꽂고 찾아가리.

그대의 집 창문에는
황혼의 불빛 어른거리고
파도의 거친 숨결이
조약돌을 굴리리.

해 지기 전에
나 그대 마음에 떠오르면
패랭이꽃 한무더기
가슴에 안고 찾아가리.

그대와 나 사이에
모래톱이 솟을지라도
즈믄해의 사랑 그 꽃잎에
입술 대이려 찾아가리.

나리소*에서

저 새파란 소에
강물의 신이 아니 계신다면
신의 존재를 믿지 않아도
좋으리 우리는.

벼랑 밑 바위에 붙은
수초의 숲에서 꼬리 치다가
소스라치게 놀라 번개처럼 사라진
물고기의 꽃비늘 속에서,

자갈을 물고 흐르다가 괸
여울에 비친 푸른 산 그림자와
낙락장송의 숭엄한 모습 속에서
강물의 신을 보지 못한다면,

심청이 아비의 지팡이같이
비틀거리는 우리들의 마음은
수탕나귀의 목에 걸린
깨진 말방울인지도 모르지.

* 동강에 있는 깊은 못.

묘비명

나도 이제 내
묘비명을 쓸 때가 돌아온 것 같다.
이런 말을 하면 자네는
아니 벌써? 하고 웃을지도 모르지만
다정하고 잔인했던 친구여,
시간은 이미 자정을 넘었고
눈 덮인 길에는 핏자국이 찍혀 있다.

어쩌면 나는 오랫동안
이때가 오기만을 기다리며 살았는지 모른다.
내가 걸어온 시대는 전쟁의 불길과
혁명의 연기로 뒤덮인 세기말의 한때였고,
요행히도 나는 그것을 헤치고
늙은 표범처럼 살아남았다.
수많은 청춘들이 누려야 할 기쁨조차
누리지 못한 채 꽃잎처럼 떨어지고
거룩한 분노가 캐터필러에 짓밟혀
무덤으로 실려갔을 때도 나는
집요한 운명에 발목 잡혀서
마지막 잎새같이 대롱거렸다.

손을 놓아야 한다!
써커스의 소녀가 어느 한순간
그넷줄을 놓고 날아가듯이
저 미지의 세계로 제비 되어 날아가며
고독한 포물선을 그려야 한다.
그것이 내 마지막 고별 의식이 되기를 바라면서……

流域에서

왜 그런지
가로등 불빛이
따스해 보인다.

잎 떨어진 나무에 바람이 찬데,

지나온 험난한 길과
골짜기의 시냇물이
요지경처럼 얼비친다.

꽃 한송이 만나고 싶다!

눈길

보이니?
아니

보이니?
아니

보이니?
아아니

눈길을 걸어가는
목 떨어진 아비들!

기다리는 아내

이제 그 여자는
늙은 망부석이 되었습니다.

고개 숙인 남편이
세모의 거리를 헤매고 다니다가
빈손으로 돌아와도
말없이 웃으며 밥상을 차립니다.

부처님,
수락산 눈물바위 아래
슬픈 눈으로 앉아 계신
미륵 부처님.

이 허전한 여자에게
모란꽃 같은 새날을 주옵소서!

경적

하루 종일 비가 내리고
시궁창 썩는 냄새가 코를 찌른다.

앰뷸런스가 경적을 울리며
미친 듯이 거리를 누비고 지나간다.

비보 비보 비보 비보 비보 비보……
(어디서 화산이라도 터진 걸까?)

아아, 빨간불 켜진 대한민국!
'비보'입니까, 신령님?

청평호에서

고려 때 이자현*은
명문 세가의 자식이었다.

도깨비감투 벗어던지고
산으로 들어갔다.

왕이 불러도 나오지 않았고
청평호 맑은 물 속에 뼈를 묻었다.

야 이 넋 빠진 자식들아!
정치가 망치 된 지 이미 오래다.

그 뼛가루 아직도
사금처럼 흩어져서 반짝이느냐?

* 이자현은 고려 예종 때의 문신. 외척 이자겸의 아우로 높은 벼슬을 지냈으
나, 어느날 갑자기 춘천 청평사로 들어가 도를 닦으며 나오지 않았다.

군밤타령

요새는 늙은 아내와
밤 구워 먹는 재미로 살아간다.
경동시장에서 밤 한되를 사다가
연탄불에 올려놓고 잘 익었니?
맛있지? 하면서 먹는다.

유리창 밖은 길 잃은 바람,
나뭇가지가 진저리 치듯 흔들리고
휴지와 담배꽁초가 골목길을 휩쓸어도
빨갛게 피어오르는 불 앞에서
허허 참, 허허 참, 바보처럼 웃는다.

그래, 익으면 터져야 한다.
탁! 하고 터져서 떼굴떼굴 구르다가
눈이 온다 눈이 와요
청천 하늘에 흰 눈이 와요……
뒤집혀야 한다.

손톱자국

이유를 알 수없는
슬픔이 솟구칠 때가 있다.

최루탄에 작살난 젊은이들의
청춘이 허공으로 날아가고,
유서를 써놓고 투신한 소녀의
창백한 얼굴이 낡은 필름 되어
얼보일 때가 있다.

— 잘못 살았구나,
— 잘못 살았구나,
— 잘못 짚었구나!

으서지게 쥔 손바닥에 꽂힌
손톱자국 속에서 새파란 불꽃이
번개 치듯 타오를 때가 있다.

1997년 소한

오늘은 창밖에 바람이 불고
나뭇가지가 경끼하듯 떨고 있다.

검은 천막 덮어씌운 하늘에서는
눈 섞인 싸늘한 기류가 쏟아지고,

만리 길을 날아온 기러기떼가
쐐기꼴로 줄지어 날아가고 있다.

그 눈부신 태양은 어디 숨어 있느냐?

지나가는 사람들의 종종걸음 뒤에서
가랑잎이 미친 듯이 울고 있다.

수선화 피는 날

수선화 피는 날에는
마음이 가로등처럼 밝아온다.
여러해 전에 부서진
마른 꽃 같은 시인* 생각도 나고,
임종 무렵 그 얼굴에 스쳤던
쓸쓸한 미소도 유리에 비친다.

휘몰아치는 포악한 광풍에
학교 밖으로 쫓겨난 시인은 끝내
아이들 곁으로 돌아가지 못하고
봄이 오기를 기다리다가
기별도 없이 세상을 떠났다.

그때 미친바람 일으킨 자들이
또다시 활개 치는 낮도깨비 세상에
긴 속눈썹 사이로 슬픔을 달래면서
수선화 피는 날만 기다리다 떠나간 시인.

　　──황사 바람아, 그 미치광이들
　　　아직도 숨통이 붙어 있느냐?

* 이광웅 시인이 눈을 감은 지도 벌써 십년 세월이 흘렀다.

風謠

그자는 이제
허풍쟁이가 돼버렸네.
콩으로 메주를 쑨대도
믿지를 않네.

수척했던 얼굴에는
개기름이 흐르고,
지키지 못할 공약이나
헌 칼 쓰듯 휘두르고.

당수와 가진 자 앞에서는
오금을 못 펴고,
고개 숙인 백성들 앞에서만
폼을 재는 자.

그런 자들은 이제
양로원에나 갔으면 좋겠네.
이 땅을 떠나거라
뿅! 해버리면 안될까?

읍내에서

내 노래 빈 들판을 지나
그 언젠가 산으로 가로막힌
계곡물 속에 잦아들 것이라는 사실을
나는 알고 있다.

목숨보다 앞서는
자본의 논리를 술잔에 타 마시고
요란한 호색 잡지의 표지처럼
화장한 어린것들이 팔짱을 끼고
극장 앞을 서성거리거나 거웃 핥듯
아이스크림을 빨고 있는
골 빈 풍경들이 눈앞에 어른거려도 나는
무심히 바라보고만 있다.

하고 싶은 말은 많지만
이 소도시의 밤하늘에 늘
별이 뜨고 안개 낀 달빛이
광장을 비추고 있는 것만은 아니다.
시냇물 속의 물고기 알은 다 썩었고
러브호텔이 들어선 뒷산에서 울던
접동새는 자취를 감추었다.

400

그리고 어느덧
답답한 가슴을 치며 노래하던
가인의 목소리는
시궁창에 처박힌 불화살이 되었다.

테헤란 밸리에서

이 거리는
밤이 깊어도 잠들 줄 모른다.
자정이 넘었는데도
불야성 같은 고층 건물에서는
잠 못 이룬 사람들이
불안한 표정으로 창밖을 내다보고,
첨탑 위에 세워진 붉은 십자가가
또 한번 젊은 유태인을
시험하고 있다.

이 거리에는 벌써
여러달 동안 비가 오지 않았다.
악어의 등가죽처럼 갈라진
땅에서는 시계탑이 흔들리고,
매연과 먼지가 하늘 높이 날아올라
병든 태양을 가렸다.
도로를 질주하는 거대한 바퀴벌레들은
말초적 향락을 찾아 미친 듯이 달려가고,
신경이 부서진 마몬의 아이들이
수면제를 마시고 의자에 누워 있다.
라마에서 크게 울부짖는 소리 들리니

후천성 면역 결핍증에 걸린 걸까?

불면의 도시 허욕의 메트로폴리스여,
너를 위해 슬퍼할 자 누구이며
너를 위해 기구할 자 누구인가?
이제 너희들이 쌓아올린
탐욕의 벽이 너희를 가두고
사막의 마른 풀같이 시들게 하리니,
귀뚜라미 한마리가 하늘을 보며 웃고 있다.

우리 마을

창을 열면
산골 마을이 아닌데도
멧비둘기 울음소리가 들려온다.

오뉴월 뙤약볕에 나리꽃 피면
——자, 튀겨요! 하는
뻥튀기 영감 외치는 소리가
아파트 앞마당에서 들려오고,
아그배나무 밑에 앉아
수출용 털옷에 단추를 다는
아낙네들의 손길이 갑자기 빨라진다.

세상은 환한 대낮.
골목길에서 자전거 타는 아이들의
웃음소리가 와그르르 쏟아져나오고,
화면이 떨리는 경비실 티브이에서
뉴스 속보가 방영된다.

"방금 들어온 소식을 알려드리겠습니다. 경기도 화성에 있는
청소년수련원 씨랜드에서 원인 모를 화재가 발생하고, 도망 중
에도 여자들에게 인기가 높았던 신창원이 경찰에 붙잡혔습니

다…… 찍 찌직……" 제기랄!

대추나무 밑에서

비 온 뒤의 배봉산 신록이
눈부시게 아름답다고 아내는 말했다.
예전에는 옥죄는 살림살이 때문에
이마 펼 날 없이 살아온 여잔데,
나이 탓인지 요새는 모두
어여뻐 보인다고 수다를 떨었다.

그러고 보니 내 눈에도 서서히
사물의 참모습이 비쳐오는 듯하다.
담 밖에 심은 대추나무에
깃털이 파르스름한 멧새가 날아와
하루 종일 울다 가는 것도 기특해 보이고,
오종종한 대추꽃이 피었다 지는 것도
예사로워 보이지 않는다.

하루에 한번씩
올챙이 같은 손주들이 여기저기서
걸어오는 전화 소리도 반갑기만 하고,
지금 우리가 누리는 이 요행을
시새우는 이 있을까 두렵기도 하다.

늙은 아내가
사방에 흩어져 사는 아이들에게 주려고
마늘장아찌 담그는 것을 물끄러미 바라보며
슬며시 고개를 들어
하늘가에 흐르는 구름의 방향을 더듬는다.

눈꽃

육십년 만의 폭설로
마른 나뭇가지에 눈이 쌓인 날
무겁게 짓누르는 눈꽃의 무게를 가늠하며
딱! 하고 부러질지언정 휘지 않으리라
너절하게 끌고 가진 않으리라
고독한 자의 의지를 확인한다.

춤을 추리라

이 봄에는
연두색 두루마기 한벌
쌍그러니 지어 입고
저 無憂의 언덕에 올라
춤을 추리라,
옛 고구려의 한량같이.

마른땅을 비집고 돋은
녹옥의 풀싹들은
동트는 새벽하늘을 손으로 가리키고,
비 호르호…… 비 호르호……
버들숲 우거진 강가에서는
물총새가 노래 부르며 날아가고 있다.

그 언젠가
이 세상 벼랑길에 종말이 와
차디찬 얼음이 온 땅을 덮을지라도
우리 모두의 가슴에
동백꽃 같은 등불 하나 있다면
춤을 추리라, 서산에 해 지고
달 뜨기까지!

어떤 인생

해가마 개울 건너 채마밭
일본 사람이 버리고 간 농장에서
김용문 영감은 말 못하는
딸 하나를 데리고 살았다.

살림 잘하는 진바리댁을
앞세운 지도 석삼년.
낮에는 밭을 갈고 해질녘이면 마을로 내려와서
아낙네들을 모아놓고 얘기책을 읽어주거나
손금을 보아주면서 지냈다.

젊었을 때는 읍내 기생들한테
꽃서방이란 평을 들은 적도 있지만
오십 고개를 넘기자 기력이 쇠했는지
기방 출입도 삼가고 어미 잃은
딸 자라는 재미로만 살았다.

그 김용문 영감을 휴전 이듬해에
충무로 입구에서 다시 만났다.
늙어서 여윈 몸에 염색한 군복을 걸치고
이집 저집 다니면서 비럭질을 하고 있었다.

훤칠한 옛 모습은 어디로 가고
그토록 귀애하던 말 못하는 딸도
전쟁의 불길 속에 잃어버렸는지
죽지 못해서 살아가는 노후의 몸을
얻은 돈 몇푼으로 지탱하고 있었다.

모닥불

낭송: 저 썩은 물 흐르는 서울의 하수구
　　　중랑천 둑방 밑 쓰레기 소각장에서
　　　쫓겨난 아비들이 불을 쬐고 있다
　　　매운바람 휘몰아치는 들판에 서서……

영창: 내가 이 세상에 태어난 것은
　　　한무더기의 모닥불을 피우기 위해.

합창: 지극히 높은 곳에 계신
　　　만상의 어머니여,
　　　진흙 속에 처박힌 이 땅을 살피소서!

영창: 길바닥에 떨어진 한겨울의 낙엽과
　　　가지 부러진 나무들,
　　　쓰다 버린 휴지 조각과 넝마들을 모아서
　　　모닥불을 피우리니,

합창: 오라, 얼음장같이 손발이 언 사람들,
　　　오라, 허기지고 고달픈 이들,
　　　오라, 미움의 칼을 가슴에 품은 이들,
　　　발밑의 어둠이 그대를 삼키기 전에……

412

영창: 내가 이 세상에 태어난 것은
        한방울의 기름 되어
        타오르는 불길 속에 던져지기 위해!

합창: 타고 남은 재가 다시 기름이 됩니다.
        타고 남은 재가 다시 기름이 됩니다.

여차*에서

대낮인데도 바람 소리가
죽은 어부들의 비명처럼 들려온다.
비탈진 산줄기가 달려와
바닷속으로 곤두박이치는 여차,
우르릉 쾅! 하고 부서지는 파도가
너 무엇하러 여기까지 왔느냐고 묻는다.

우거진 잡목 숲 사이로
철쭉과 동백, 산수유, 피안앵이
구름같이 피어 수미단을 이루었는데,
잠시도 쉴 줄 모르는 새파란 바다가
나그네의 마음을 아프게 두드린다.

문득 오십년 전에 이 섬을 떠난
무국적 전사들의 모습이 떠오른다.
이념으로 맞서 싸우는 조국이 버거워
중립국으로 간 전쟁 포로들.

이제는 덧없이 늙었을 그 젊은이들이
오대양 육대주의 어느 해변에서
—나 여기 있소! 하고

414

幽囚의 섬에서 들려오던 바람 소리와
파도 소리를 아직도 기억하며
손짓하고 있을지도 모른다는 생각이 들었다.

* 여차는 거제도 뒤쪽에 있는 바닷가 마을. 태평양으로 물길이 트인 그 해변
  에서 대낮에도 울부짖는 바람 소리와 파도 소리를 듣노라면, 이 섬에 갇혔
  다가 떠난 무국적 전사들의 울음소리가 들려오는 듯하다.

통쟁이 마을 처녀의 노래[*]

내 아비는
머리에 수건 매고 뗏목을 끄는
비류강 상류의 뱃사공.
내 어미는
강 건너 술집에서 해금을 켜며
음색을 파는 앵두꽃 주모.
이곳 통쟁이 마을에 들어와 살고부터
아비는 통나무를 후벼 술통 만들고
어미는 누룩을 빚어 술을 익혔습니다.

사철 없이 맨발로 뛰어다니는
내 재주라고는 걸음이 잰 것과
들에 놓아기르는 염소를 몰면서
버들피리를 부는 일밖에,
얼굴 예쁘단 생각은 한 적도 없답니다.
그럼에도 이 몸을 품 넓은
대왕께서 안아주시겠다니
삭신이 녹을 것처럼 황홀하군요.
지엄하신 명 어길 수는 없지만
제 몸에 씨 들걸랑 잊지 말아주세요.

讚하노니, 해모수의 나라의 왕통은
예부터 이렇게 미천한 여자의 몸으로도 이어져왔느니라!

* 『삼국사기』「고구려 본기」 산상왕 대목. 후사가 없는 산상왕이 통쟁이 마
  을 처녀의 몸을 빌려 아들(동천왕)을 낳은 고사를 시로 쓴 것임.

悲歌

그가 죽었다는 소식을 지난 시월
천사의 도시에 가서 처음 들었다.
대낮에도 히로뽕 맞은 젊은이들이
총 들고 가게를 터는 다운타운에서.

그는 죽기 전에 전세계의
친구들에게 전화를 걸었단다.
몇월 며칠에 떠나갑니다, 아미고!
나 대신 지겹도록 살아주세요.

그는 틀림없이 내 집에도 전화를 걸었을 것이다
나는 그의 오래된 친구니까.
하지만 나는 그의 유언을 듣지 못했다.
그는 나에게 무슨 말을 기대했을까?

그래선지 그 무렵 한밤중에
정체불명의 전화가 걸려왔었다.
따르릉, 따르릉…… 여보세요,
여보세요, 여보세요? …… 뚜둑!

Death Valley,

그 광막한 골짜기의
열화같이 쏟아지는 정오의 햇빛 속에
바람의 해골로 남은 Allen Ginsberg!

동강을 바라보며[*]

물은 어디에서 내려와 어디로 흘러가는가?
저 깊고 푸른 하늘에 뚫린 우주의 골,
어머니의 아기집 같은 유현한 태허에서
생명의 양수 쏟아져 내려와
이 지상의 흙과 바위, 온갖 푸나무와 들짐승
날짐승, 물고기와 벌레들까지 흥건히 적셔주고,
눈부신 햇살로 오곡백과 여물게 하고
산들바람 산들산들 갓 태어난 생령의 입에도
양육의 젖물 흘려넣어주는 물은
만물의 어미요 애인이다.

저 겨레의 영산 백두대간의 중허리
태백산 검룡소에서 발원하여
어라연, 황새여울, 바새 앞 뺑창과 나리소 바리소
천하제일의 신비스러운 자연을 연출하고,
느티나무 우거진 가수리를 지나서
아우라지 정선과 평창, 영월을 에돌아
남한강으로 흘러드는, 그리하여 마침내
저 끝없는 회귀의 바다에 다다르는
아름답고 유구한 물길 동강이여!

이제 대낮의 밝은 날빛 기울고
서녘 하늘에 붉은 노을이 지면
달맞이꽃 핀 영롱한 강물에 달이 뜨리니,
우리 모두 저 물가로 손잡고 달려가서
한번 가면 다시 못 올 가람을 바라보며
노래를 부르자, 이제까지 가슴속에 쌓아둔
온갖 시름 한곡조 굿장단에 풀어버리고
노래 부르자, 즈믄 강에 비친 푸른 달빛을
죽음에서 깨어난 동강 부활의 노래를!

* 2000년 10월 '동강변 주민을 위한 굿놀이 한마당'에서 낭송한 시.

예맥의 터전에서[*]

저 머나먼 동해 바다
한가운데서 아침 해가 솟아올라
금물결 은물결을 일으키고,
구만리장천을 홰치며 날아가는
해동청 보라매가 푸른 날개로 감싸안은 곳
그곳에 착하고 순한 백성들이 모여 사는
슬기로운 예맥의 터전이 있나니.
금강산 설악산 태백산이 병풍처럼 늘어서고
북한강 남한강 낙동강이 발원하여 흐르며
그 사이에 볕바른 다정한 마을과
은성하는 도읍들이 사람들을 불러모아
자연의 아름다운 신선한 정기 속에
세상 사는 맛 돋우어주는
예맥의 옛 터전이 거기에 있나니.
언젠가는 이 고장의 순박한 인심이
온 나라에 고루 햇살같이 퍼져서
남북으로 갈라진 땅 하나로 아우르고
닫힌 문을 열어서 팔 벌리고 안아들일
통일의 일꾼들이 그곳에 살고 있나니.
이제 우리의 마음 굳게 모아지면
북녘 새들 날아와 철원 평야에 내려앉듯

남녘 고기들 휴전선 넘어 알 낳고 돌아오리.
제주에서 비롯된 남쪽 나라 꽃소식이
백두산 영봉까지 눈부시게 물들이고
고구려의 용사들이 말 타고 활을 쏘던
만주 벌판 시베리아까지 치달려 올라가리.
아, 우리의 가슴속에 암처럼 붙어 있는
증오와 분단 의식도 눈 녹듯 사라지고
남녘 사람 북녘 사람 한데 모여서 손잡고
강강수월래 부를 날도 멀지 않으리.

울릉도 동백꽃은 언제 피는가?

* 『강원일보』 2001년 신년 축시.

북간도의 밤

함박눈이 내려서 희미한 밤길
어디선가 개승냥이 울음소리가 들려온다.
재넘이바람이 쌔앵 하고 불어와
빨갛게 언 귓불을 후려치면
누빈 솜옷에 엿통을 멘 소년이
목장갑 낀 손을 호호 불면서
어두운 골목길을 돌아나간다.
"엿드을 사아세요. 바암엿이요!"

마을은 호롱불 호롱불
게딱지 같은 초가집들이 다가앉은
간척민 부락에 밤이 깊으면
목롯집에서 노름을 하던 벌목꾼과
하얼빈에서 이곳까지 흘러왔다는
철 지난 갈보가 화투짝을 멈추고
"엿장시, 이루 옵지비!" 하고 부른다.

이따금 골방에 숨어서 아편을 피우던
만주 여자가 속옷만 걸친 채
살그머니 창문을 열고
"엿장시, 라이 라이!" 할 적도 있는데,

엿통을 메고 눈길을 달려가면
생후추 박은 엿을 몇자박은 팔아준다.
아편쟁이는 단것을 좋아한다나?

하노이에서[*]

우리가 아저씨 집에 도착했을 때
나무로 지은 그 허름한 방에는
돈이 될 만한 물건이라곤 아무것도 없었다.
벽에 걸린 검은 농민복 한벌과
마디가 여럿 달린 지팡이 하나,
샌들 한켤레, 말끔히 치워진
책상 위에 놓인 시집 한권,
아직도 김이 나는 찻종 하나, 궐련 한개비.
그것이 아저씨의 전재산이었다.

아저씨는 평생을 독신으로 살았다.
아니, 이 말은 잘못된 것인지도 모른다.
아저씨는 젊었을 때 꼭 한번 연애를 한 적이 있었다.
허리가 잘록하고 키가 알맞게 큰
메콩 강의 처녀를 사랑한 적이 있었다.
대바구니를 엮으며 농사를 짓는
그 처녀를 사랑하고부터
아저씨는 다른 여자에겐 눈길도 주지 않았다.
빠리와 모스끄바와 베이징을
제집 드나들듯 하면서도
그 요염한 제국주의의 매춘부들에게는

426

말 한마디 건네지 않았다.

하지만 사랑하는 메콩 강 처녀가
무지막지한 이방인들에게 짓밟혔을 때
아저씨는 분노의 음성으로 선언했다.
"우리가 너희를 한명 죽일 때
너희가 우리를 열명씩 죽인다 하더라도
최후에 미소 짓는 것은 우리일 것이다!"
그리하여 메콩의 젊은이들은
무논에서, 산속에서, 도시와 밀림에서
땅굴 속에서도 싸웠다.
남을 죽이기 위해서가 아니라
메콩 강 처녀인 조국을 지키기 위해서.

지금도 사람들은 아저씨를
주석이나 대통령이라고 부르지 않는다.
아이들은 그를 할아버지라고 부르고
청년들은 그를 아저씨라고 부른다.
박호! 하노이의 호떡집 호 아저씨
그런 지도자를 갖고 싶다, 우리도.

* 1997년 10월 '베트남을 생각하는 모임'에서 낭송한 시.

김남주 시인의 무덤 앞에서*

남주 내가 왔네,
하고 말해도 망월동 시민묘지
한 귀퉁이, 초라한 무덤 속에 누운
김남주 시인은 대답이 없네.

혁명을 꿈꾸며
혁명을 노래하며 이 땅에서
독점자본과 폭압의 힘을 몰아내고
일하는 자의 나라를 세우겠다던 남주.
타오르는 불꽃처럼 싸웠더라도
그 혁명의 과실을 따먹을 생각일랑
하지도 않았다고 노래한 시인은
그래서, 이 옥방보다 좁은 땅에
쓸쓸히 묻혀서 지내는가?

남주 내가 왔네,
그대가 목숨을 걸고 싸울 때
등 뒤에 숨어서 능장을 부리며
달아나기에만 바빴던 이 비겁한 동업자가,
그대가 떠난 뒤에도 꽃 한송이 꽂지 못하고
무사안일하게 살아온 자본주의의 패졸이

이제야 찾아왔네.

향불 대신 담배꽁초가 쌓이고
빈 소주병이 난지도처럼 뒹구는
무덤 앞에서, 아직도 햇살같이 웃고 있는
그대의 퇴색한 사진을 바라보며,
왜 체 게바라가 죽었는지를
왜 체 게바라가 죽어야만 했는지를
생각했네, 담배를 피워 물고……

* 1999년 1월, 광주 민족문학작가회의 전국 시낭송회에서 낭독한 시.

투전판 이야기

밤새 눈보라가 치는 날에는 옹기 굽던 가마에 투전꾼들이 모여들어 한밤중에도 식을 줄 모르는 열기 속에서 두 눈에 불을 켜고 투전을 겨루었다.

투전꾼들이 투전을 뽑느라 까마귀고기 먹은 서당집 머슴처럼 고개를 외로 꼬고 있을 때 관아의 기와집 같은 그림자 하나가 느닷없이 다가와 가마굴 속을 들여다보니 산군이라, 온몸에 덮인 누런 용포와 화등잔 같은 눈알이 번쩍거렸다.

호랑이는 투전에 먹으로 그려진 여진족 계집의 요염한 몸짓 같은 끗발은 읽을 줄 모르지만 투전이 이 세상에서 제일 짜릿한 노름인 줄은 알고나 있을까?

그리하여 꾼들의 어깨 너머로 호랑이가 생피 밝은 숨을 가쁘게 몰아쉬며 "봄세, 내두 한판 끼워주!" 하고 알은체를 했으나, 돈 따는 재미에 꿀꺽 빠진 녀석들은 제 몸에 저승길이 뚫린 줄도 모르고 귀찮다는 듯이 손을 홰홰 내저었다.

방울새에게

실천문학사
2007

序詩

한편의
아름다운 詩처럼

한 생애의
새벽과 저녁을, 그렇게!

메꽃

이 버려진 땅

거친 들판에

연분홍빛 메꽃 한송이

이슬에 젖어

피어나지 않았다면

해 질 무렵의 네 인생이

쓸쓸하기만 하였겠느냐

봄들에서

산벚꽃이 한창이야

높은 산에 눈 내린 것 같아.

가야 할 길이

십여마장 더 남았지만,

이 눈부신 봄들에서

조금만 더 쉬어가야 할 것 같아.

괜찮겠지?

병후에

이 봄에

나 다시 한번 피어났으면,

산비둘기 울고

죽은 나무에 움이 돋아

새잎 피는 날

한번만 더 살아났으면,

온 누리에 푸른 햇살

가득 퍼질 때!

방울새에게

내가 젊었을 때
가슴속의 피 뜨겁게 달아올라
광야를 달려가는 표범처럼 내달릴 때는
저 영롱한 방울새의 울음소리를
다 가려들을 수 없었다.

그러나 이제
심장의 고동이 느려지고
이 세상 모든 것이
안개 속에 가려진 분황사 전탑
아득하게 보일 때가 돌아오자
후박나무 숲에서 들려오는 그 소리를
유리알처럼 투명하게 느끼기 시작했다.

아직은 그 천상의 음악
다 새겨듣지 못하지만 나는 생각했다.
저 방울새의 노랫소리는
미구에 네가 찾아가야 할
새 세상의 불빛을 가르쳐주고 있다고.

가는 길에서 만나게 될

월악산 사자빈신사의
네마리의 돌사자와 푸른 연꽃,
그곳까지 날아온 부전나비와 알락도요
바위틈에서 쏟아지는 정결한 샘물과
때가 되면 땅으로 떨어지는
하늘복숭아의 모습도 눈여겨봐야 한다고.

방울새야, 나를 그곳으로 데려가다오.
한밤중의 강물 같은 검은 머리와
손톱에 꽃물 들인 아가씨들이
우물 속에 두레박 던져 물 긷는 곳으로.
수많은 구름하늘을 헤치고 날아온
소리가 방울 같은 작은 새야!

숲과 별

이 아파트의
유리 감옥 속에서
숲을 내다보는 것은
숲이 아름답기 때문입니다.
그 숲속에
내 영혼의 쉼터가 있기 때문입니다.

내 영혼은 시방
새들과 함께 날아다니며
숲의 사랑을 노래하고 있습니다.
하얗게 꽃 핀 산딸나무 가지에
알을 낳은 어미새들은 머지않아
바다로 가는 꿈을 꾸게 되겠지요.

내 몸이 이곳을 떠나
어둠속에 묻힐지라도
내 영혼은 밤하늘의 별이 되어
자유를 노래할 것입니다.
혜성처럼 눈부신 꼬리를 달고 날아가는
별의 음악을!

길

꽤 많이 걸어왔어.

이제
얼마 남지 않은 것 같아.

저기 지평선 위에 늘어선
키 큰 나무들,
그 밑에 모여 앉은 작은 집들.

보이지?
발갛게 타오르는 눈부신 석양,
그리로 가고 있는 중이야.

잘 있어!

까치 소리

네가 날 데리러 왔느냐?

빈 들에 눈
하얗게 내린 아침에

봄이 오기엔 아직 이른
앙상한 나뭇가지에 앉아서

갓 갓 갓 갓……
갓 갓 갓 갓……

뭘 망설이고 있느냐고
갈 길이 멀고 아득하다고.

네가 날 부르러 왔느냐 까치야!

꿈속에서

꿈속에서 이따금
낯선 고샅길을 거닐 때가 있다.

누가 오라는 것도
굳이 떼밀며 가라는 것도 아닌데,

그 들녘의 초가집
짚자리 위에서의 편안한 잠을
기도하듯 그리워할 때가 있다.

십리 사방의 기사굴산에서
부처님 말씀이
뻐꾸기 울음처럼 들려온다.

장터에서

행수님, 저는 이제 늙어서 등짐도 질 수 없고
파장머리의 술집 해묵은 회화나무 밑에 앉아
가지 끝에서 우는 멧종다리 울음소리나 들으며
남은 세월 한세상을 지내는 수밖에 없습니까?

동구 밖 장터에서는 새벽부터 저녁까지
영악한 거간꾼들이 회돌이치며 깎고 자르는 소리가
와자지껄 들려오는데,

내 고달픈 영혼은 그것조자 감내하지 못하고
능소화 핀 개다리소반 앞에 앉아서
철 지난 노랫가락이나 한곡조 부르며
술잔을 기울이는 수밖에 방도가 없습니까, 행수님!

石像의 노래

여인아, 그대와 내가
헌 누더기 다 벗고 저
백단향나무 아래 우뚝 선다면
이 땅에 갓 태어난 어린것들의
제삿밥이 될 수 있을까?

우리가 낳은 아이들이 자라
강성한 나라와 인정스러운 저자를 이룬다면
그대와 나는 초막에 누워
골짜기 너머 높은 산에서 반짝이는
흰 눈이나 바라보기로 하세.

어느 결에 모진 겨울이 가고
온 누리에 아기잎 피어날 무렵
그대와 내가 사슴이 우는 언덕 위에서
푸른 이끼 자욱한 돌이 된다면
머지않아 우리는 본향으로 돌아가
쌍무지개 뜨는 하늘을 볼 수 있으리.

유마의 노래

장난감 배를 타고
머나먼 나라로 떠나가는
꿈을 꾸었다.

배는 황포돛배
흙으로 물들인 누런 돛 위에
처용의 얼굴을 그려 붙이고,

허공에 펄럭이는 바람의 깃발
갈매기 울음소리를 장단 맞춰 들으며
구만리장천으로 날아가는 꿈!

수보리야, 너는 어떻게 생각하느냐?

초파일

진달래꽃 피었다 지고
유채꽃이 피었습니다.

유채꽃이 피었다 지고
함박꽃이 피었습니다.

함박꽃이 피었다 지면
제비붓꽃 피어날까요?

하늘과 땅에
청노새빛 햇살 퍼지고

바다 건너 西天에서
아기 부처님 목소리 들려옵니다.

빗방울

빗방울이 떨어집니다
하늘의 우물에서 떨어집니다.

빗방울이 떨어집니다
한길 옆 웅덩이에 떨어집니다.

동그라미 그리는 빗방울은
우리가 사는 지구를 닮았습니다.

구정물 같은 검은 흙 속에서도
봄이 오면 꽃이 피고 새가 웁니다.

강가에서

며칠 전에는 이 강물에
수백마리의 물고기가 몰려와서
물장구치며 놀다 돌아갔습니다.

또 며칠 전에는
여러마리의 황새가 날아와
물속에서 헤엄치는 피라미들을
쪼아 먹고 날아갔습니다.

강에서는 날마다
이런 일이 벌어집니다.

하지만 님이시여,
이것이 우리들의 살아가는 모습입니다
너무 꾸짖거나 나무라지 말아주십시오.

만해의 달

저 깊고 쓸쓸한 설악산 골짜기에
숨은 듯이 앉아 있는 작은 절집,
그 외로운 가람의 지붕 위에
하얀 달빛이 쏟아지고 있습니다.
선생님께서 한때 지팡이 세우시고
머물던 데가 바로 이곳이었지요?

매운바람 휘몰아치는 싸움터에서
지친 몸 이끌고 찾아오신 곳,
선생님은 여기에서
장대비 퍼붓는 한여름의 긴긴날과
폭설이 쌓이는 겨울을 나신 후
다시 역사의 현장으로 돌아가셨습니다.

그후 이승에서의 업 다 마치신
선생님은 인간의 뜻이 닿지 않는
먼 곳으로 떠나셨습니다.
가실 때 하늘에 두고 간
저 만해의 달만이 지금도
우리의 앞길을 비춰주고 있습니다.

우리의 아픔과 슬픔
헤어나기 힘든 고뇌와 갈등까지도
원융무애한 달빛으로 어루만져
화엄세계로 이끌어주시는 선생님.
아, 님은 가셨지만
우리는 님을 보내지 아니하였습니다.
소리 없이 나도는 매화 향기 속에
님의 모습을 찾아봅니다.

달밤

날이 저뭅니다.

날이 저물면 검은 산 위에
은회색 貊弓 한틀이 놓입니다.

우리가 가야 할 아수라의 길을
우리는 모릅니다.

서리 묻은 발굽이 달려갈 뿐입니다.

가을 산

빨갛게 익은 옻나무 잎이
중국 비단보다 화려하다.

직박구리 한마리
솔방울에 매달려
솔씨를 쪼아 먹고,

어디선가
풀숲에 숨은 찌르레기가
찌르륵찌르륵
가을을 울고 있다.

불꽃놀이

누구든
저 불꽃같이 살기를
바라지 않으랴.

탕! 하고 터져서
하늘 높이 솟아올라
피었다가 소멸하는
전사의 몸.

누구에게나 그런 운명
주어지지 않는다는 것 알면서도
그렇게 살기를 꿈꾸지 않으랴,
늙고 시든 몸 화산처럼.

가로등 불빛

내가 이 땅을 떠나
저 멀고 아득한
별 위에 가 있을지라도
가로등은 저렇게 반짝이고 있을까?

자정 무렵인데도
일터에서 돌아오지 못한
맞벌이 부부가 살고 있는 이 골목.

겨울밤인데도
얇은 옷 입고 기다리는
아이들의 눈빛 같은 가로등.

내가 이 땅을 떠나
먹구름 속의 현기증으로
헤매고 있을지라도
저 가난한 불빛은 내 영혼의
나침이 되어줄 수 있을까?

나 — 잠시 — 쉬어 — 가리니 — 예서!

깊은 밤의 詩

바람이 차다.
시간이 흐를수록 멀어지는
세계와의 관계를 느낄 때가 있다.
밤이면 걸려오던 운명 같은 여자의
전화벨 소리가 예고도 없이 끊어지고
주식은 거덜나고, 늦가을 공원의
벤치에서 만난 옛 전우가
추락하는 새처럼 날개가 찢긴 채
등대도 없는 섬으로 여행을 떠난다.

저 현기증 나는 빛의 파도는
이제 네 것이 아니다. 새벽부터
북부 간선도로를 미친 듯이 달려가는
차바퀴 소리와 환각 속에
고막을 찌르는 난타 난타 스피커 소리!
먹기 좋고 빨기 좋게 포장된
상품을 진열하고 밑 빠진 욕망을
자극하는 이벤트 걸들의
유혹하는 몸짓도 이제는 너에게
장미의 꿈을 심어주진 않는다.

아침에 핀 꽃이 저녁에 지듯
인생은 어느덧 네 곁을 지나가고
새들은 황혼이 깃든 숲으로 날아갔다.
그리고 깊은 밤을 노래하던
곤충들의 화음도 조금씩
땅 밑으로 스며들고 있다.
저 동해변 어느 마을의 절벽 위에
지금도 철쭉꽃 한무더기 피어 있느냐?

등꽃

그 여름,
연보랏빛 꽃 핀 나무 아래
환히 웃던 네가 떠나고부터
나는 휘파람을 잊어버렸다.

등꽃 따서 머리에 꽂고
詩를 읊조리던 너,
오늘은 내가 그 자리에 앉아
이별가를 부른다.

해마다 오월이면 꽃이 피건만
높새바람 불어오는 하늘 멀리 사라진
네 모습 그리며 눈을 감는다,
하늘 끝에 매달린 청사의 燈!

만추

이른 아침부터
굴참나무 서걱거리는 오솔길에서
쓰르라미가 운다.

이제 시간이 얼마 남지 않았노라고,
마약같이 눈부신 여름은 가고
낙엽 지는 가을이 돌아왔다고.

그때
파랗게 열린 가을 하늘 위에서
무슨 소리가 들려왔다.

흙에서 태어난 자는
때가 되면 흙으로 돌아가리니
길 떠난 자여, 어디로 가려 하느냐?

놀이터에서

오늘은
바람이 불고 비가 내려서
아이들 놀이터가 텅 비었다.

미끄럼틀, 그네, 시소
우주선처럼 날아가는 뺑뺑이틀에서도
아이들의 모습은 찾아볼 수 없다.

기차가 안 다니는 간이역 같다,
타는 사람도 내리는 사람도 없다.

오늘은 비가 내리고
바람이 휘몰아쳐서
내 마음의 정거장이 텅 비었다.

달을 보며

밤하늘의 달을 보며
아, 달이 밝구나!
읊조릴 날이 얼마나 남았을까?

내 생애의 바람 세었던 날들이
저 달 속에
검푸른 산맥처럼 누워 있고,
지금도 살아 있는 기파랑의 달이
잣나무 가지 위에 걸려 있다.

강물같이 쏟아지는 달빛으로
온몸을 적시면서
이제껏 남은 회귀의 날을 기다린다.
아, 정말
달이 맑고도 시원하구나!

잠 안 오는 밤에

어느새 나도
잠 없는 나라의 주민이 되고 말았다.
시곗바늘이 자정을 넘어
세시를 가리키고, 늦게 뜬 달이
아파트 옥상에서 하품을 하고 있는데도
연탄처럼 부서진 의식을 붙잡고
잠이 오기를 기다린다.

만권의 책을 다 읽었다!
불타버린 고전의 잿더미 속에서
미련만 남기고 떠난 사랑을 찾는다.
보상받지 못한 젊음의 나날들,
마법에 걸린 술 한잔을
사약을 마시듯 목구멍으로 넘긴다.

새벽이 도착하려면 아직 이르다.
멀리 떨어진 숲에서 눈뜬 새들이
이곳까지 날아오려면 아직
수만초의 시간이 남아 있다.
도로 자리에 누워서 눈을 감아야 하나?
아니다! 이제부터는 잠 없이

사는 법을 배워야 한다.
바위에 새겨진 神의 눈이 그러하듯 ─

가수

내가 젊었을 때 나는
저 넓은 광장에서 노래하는
가수가 되고 싶었다.
골방에 불을 켜고 詩를 쓰는
외길목의 시인이 아니라,
수많은 젊은이들이 손잡고 걸어다니는
확 트인 행길 옆 가로등 밑에서
손풍금을 울리며 서정가를 부르는
가난하지만 아름다운 가수가 되고 싶었다.
난생처음 찾아간 낯선 도시
뱃고동 소리 울리는 항구의 선술집에서,
하루의 고된 노동을 마치고 돌아가는
작업복 차림의 건강한 남녀들이
입술을 포개며 미래를 약속하는
분수대 옆 의자에 앉아서 눈을 감고
옛 시인의 노래를 읊어주는
가수이고 싶었다. 비록 나는
그런 사랑 한번 누리지 못하고
외로운 별 아래 태어난 이름 없는
노래쟁이일지라도……

향수

이 베네찌아산
유리병 속에 든 물체는
향수입니다.

향수는 물이 아니라
꽃의 영혼입니다.

해질녘의 노을 같은
그 영혼을
당신에게 보냅니다.

거울 앞에서 영원히
피어나기를 바라면서……

流燈

이 땅에
전쟁의 수레바퀴가 지나갔을 때
저 깊은 계곡물은 피로 물들었었다
검붉은 피로. 사람들은 그 강물을
한탄강이라고 불렀다.
싸움터에서 남편과 자식을 잃어버린
홀어미들이 검은 머리 풀어헤치고
돌과 잡초뿐인 이 기슭에 앉아
땅을 치며 울었기 때문이다.

그 비극의 자리였던 강물 위에
오늘은 내가 등불 하나를
띄우려고 한다. 왜 죽어야 하는지
왜 죽여야 하는지도 모르면서
동족의 가슴에 총칼을 겨누다가
허무하게 쓰러진 생령들을 위하여.

눈 덮인 산에는 어느덧 해가 지고
바람 소리 요란한 쓸쓸한 평야에
어둠이 밀려왔다. 그리고 그 어둠은
소리 없이 흐르는 강물 위에

죽음보다도 검은 그림자를 드리웠다.

흘러가거라 등불이여,
밤이 지배하는 강물을 헤치고
저 끝없는 바다에 이르기까지.
흘러가거라 돛단배여,
슬픔으로 얼룩진 역사를 등에 싣고
이승지겁의 피안으로 떠나거라,
원통한 넋들이 기다리고 있는 곳으로!
붉은 연꽃 한송어리 너울 따라 흘러간다.

인디언 담요의 노래

내 사랑하는 아내 마그피여,
자줏빛 엉겅퀴와 까치를 수놓은
담요는 짜서 무엇에 쓰려느냐?

양귀의 집 앞에서 총 맞고 쓰러진
몸이 가시나무 뒤에 숨어 있을 때
내 사랑하는 아내 마그피여,

우리가 첫날밤 별하늘 밑에서 덮던
포근포근한 야크 털 담요를 짜서
상처 입은 내 가슴에 덮어주려 하느냐,

귀엽고도 영리한 까치의 영혼을 지닌
전사의 아내 마그피여!

만월

활줄을 당기니 만월이다.
보랏빛 구름이 불화살처럼 날아가고
사막의 모래알들이 파랗게 깨어난다.

"과인이 쏘는 과녁을 겨누어라!"
말 위에서 선우가 소리쳤다.
뒤따르던 군사들이 물었다.

"그것은 선우의 아씨*가 아니옵니까?"
"그렇다, 거역하는 자는 처단하리라!"

모래밭의 해골들이 일제히 눈을 뜨고
굶주린 독수리가 서역으로 날아갔다.

* 『사기』「흉노전」에서. '아씨'는 '아내'라는 뜻.

야상곡

이제
미친 듯이 피어오르던
붉은 꽃 다 사그라지고,

구름 너머 밤하늘
아득한 별 위에서 들려오는
피아니시모……

나미야,
네가 치는 것이냐?
드뷔시의 야상곡.

流星
남주 생각

저녁 하늘에 반짝이다

새벽 하늘에 스러지는

별처럼, 덧없이!

거창에 와서*

이제 그 사람들
기억하는 이 아무 데도 없다,
반세기가 지나갔으니
세상이 온통 뒤바뀌었으니.

어린것들 자라서 어른 되고
젊은것들 늙어서 눈멀었으니,
이제 그 사람들 기억하는 이
이 세상천지 어디에도 없다.

그 산골짜기 붉은 흙 속에
누명을 쓰고 묻힌 사람들,
이름도 없고 소리도 없다!
마음이 슬퍼서 미친 듯이 불러본다.

* 2005년 6월, 거창 문학축전에서 낭독한 시.

남도의 봄

저 서러운
남도의 땅에
하얀 눈 솜이불처럼
덮였으면 좋겠네.

야트막한 산 아래
황토 흙무덤마다
제비떼 지저귀는 소리
울려퍼지고,

자운영 핀 들판을
아기 업은 새댁들
햇볕 쏘이며 사분사분
걸어갔으면 좋겠네.

매향리에서
매향리에는 매화가 없다

매향리에는
목 부러진 섬 하나가
살고 있다.

꽃 한송이 피우지 못하고
철조망으로 가로막힌 바다에서
몸집은 날아가고 모가지만 남은
섬.

핏빛으로 물든
서해 바다의 황혼을 겨누어
타 타타타 쾅!
기관포가 터질 때마다 자라목같이
움츠러드는 슬픈 땅.

국적 없는 국토가 남아 있다
매향리에는.
무서움에 소름이 돋아 돌아앉은
목발 짚은 섬!

요지경 아파트

자정 무렵에 창밖을 내다보면
하늘로 올라가는 사닥다리가 보인다.
요지경마다 불이 켜진 저
아파트의 창문을 타고 올라가면
그 여자를 만날 수 있을까?
팔십년대 초의 어느날
뒷골목 대폿집에서 로자 룩셈부르크의
생애를 얘기하며 울먹이던
장미꽃같이 순수하고 예뻤던 여자.
하지만 이제는 강남의 어느
고층 아파트에서 나이트가운을 입고
신도시 예정지에 투자한 땅값과
레스또랑에서의 우아한 만찬과 밀회로
쉽사리 행복해진 그 여자.

시간이 사람의 마음을
얼마나 좀먹는지 너는 알고 있느냐?
저 고귀한 트로이의 헬렌도
도시가 함락되고 용사들이 죽임을 당하자
몸을 팔았느니라, 뭇 사나이들의 가슴에!

봄맞이꽃

해마다 어김없이 오는 봄도
저절로 찾아오는 것은 아니다.
저 머나먼 남쪽 하늘에서
초록제비 등에 실려오는 봄,
그 봄을 반갑게 맞아들일
간절한 소망과 기도가
우리들의 가슴속에 없다면
봄은 오던 길을 멈추고 뒤돌아설지도 모른다.

봄은 언제나 뼈 시린 설한풍과
언 땅을 헤치고 돋아나는
봄맞이꽃과 더불어 찾아온다.
청모싯빛 하늘에 비단구름 날아가고
아지랑이 피는 들판에
노고지리 지저귀며 날아오를 때
나물 캐는 여자들의 뺨에도
복사꽃 그림자가 어린다.

이제 우리 모두 손을 마주 잡고
봄이 오는 길목으로 달려가서
손나팔 불 때가 돌아왔다.

얼음장 밑으로 시냇물이 흐르듯
겨우내 닫혔던 마음에 꽃불을 켜고
봄이여 오라, 봄이여 어서 오라
외칠 때가 돌아왔다, 우렁차게!

집

이 집에 등을 대고 산 지도
어느덧 일흔해가 되었다.
처음에는 내가 이 집에
둥지 틀고 살았으나
이제는 그 집을 내가
지고 사는 형국이 되었다.
달팽이가 껍질을 지고 살듯이.

그러는 동안에
가위눌린 한 시대가 지나가고
진달래꽃 도라지꽃 번갈아 피더니
억새꽃 바람에 휘날리는 세월이 돌아왔다.
수많은 국토와 바다를 다녔으나
꿈 깨어 돌아보면 언제나 그 집이었다.
어린 새들 자라서 저마다 날아가고
늙어서 뼈만 남은 쓸쓸한 집.

그 집을 이제
피안까지 지고 가야 하나?
만리 밖 하늘에서 천둥이 운다.

그 봄에 있었던 일

그 봄은 유난히 쌀쌀맞았다.
눈이라곤 오지 않는 항도 부산에
파편같이 예리한 눈발이 날려
입간판을 쓰러뜨리고, 길에 쌓인 눈이
행인들의 발걸음을 더디게 만들었다.

1952년 꽃도 피지 않은 3월이었다.
부산역 플랫폼에 어디서 왔는지
어디로 가는지도 알 수 없는
정체불명의 물건들이 하역되었다.
지적에 있는 부두에서는 미국서 온
수송선이 의기양양하게 고동을 울리는데,
뼛속까지 얼려서 시멘트 바닥에 내던진
냉동인간이 누구이며 왜 죽었는지를
아는 사람은 아무도 없었다.

이윽고 기관차 뒤에 매달린 객차가
슬그머니 떨어져나가고 빈 곳간차가
눈앞을 스치고 지나가자, 사람들은
그제야 이 강철로 만든 화물차가
냉동인간을 싣고 온 철마임을 깨달았다.

그래서 그들은 황급히 죽은 자의
몸에 붙은 짐표를 살피기 시작했다.

   구례→부산   남원→부산   곡성→부산
   하동→부산   산청→부산   거창→부산

그렇다면 이 냉동인간은
피와 눈물로 얼룩진 역사의 고살
지리산에서 왔단 말인가?
지금도 항쟁의 불길이 타오르는 산골짜기에
흰 눈으로 덮인 슬픈 전사들,
때 묻은 꼬리표 가슴에 달고
말없이 누워 있는 그들이 누구인가를
그제야 알 것 같았다.

                            *

    그로부터 반세기가 지나갔다. 그날 아침 부산역 승강장에서
헤어진 후 나는 그 비운의 산사람들을 두번 다시 만날 수 없었
다. 어느 후미진 굴속에 집단으로 매장되었는지 불에 탄 뼛가루
를 바다에 뿌렸는지 알 수 없으나, 굳게 닫힌 장막과 문이 열리

고 안개가 걷히자 나는 지체 없이 중국과 베트남을 다녀오고 금강산 구경까지 해치웠다. 하지만 전쟁이 싫어서 열차를 타고 북에서 내려온 소년의 눈에 비친 그 처참한 모르그(morgue) 풍경은 내 기억의 사진첩 속에 지금도 남아 있다. 과연 이제는 무기를 녹여서 호미와 낫을 만들 시대가 돌아온 걸까? 피 빠진 생선처럼 얼어버린 빨치산들의 모습이 내 눈에 남아 있는 한 믿지 못한다, 우리가 하나 되는 그날까지는!

聖夜

십자가에 매달린
목수의 아들은 왜 밤마다
산산조각이 난
도시의 폐허에서
피 흘리며 서 있어야 하는 거냐,
성령의 비둘기는
총 맞아 실려가고 없는데……

* 2003년 5월, 폭격 맞은 바그다드의 화면을 보고.

러시아에서
안나 폴리꼽스까야에게

안개 낀 자작나무 숲이
도시로 가는 길을 막고 있었다.
제복을 입은 군인들이
반자동식 단총을 어깨에 메고
노상 검문을 하고 있었고,
군화에 짓밟힌 사루비아꽃 옆에
하얀 비둘기가 누워 있었다.
하늘과 땅이 맞닿은 거대한 초원에서
애타게 외치는 소리가 들려왔다.

──짜르여, 체첸에 평화를!

* 안나 폴리꼽스까야는 러시아의 여기자. 2006년 10월 일간지 『노바야 가제
타』에 체첸에서 러시아군이 저지른 만행을 보도한 후 누군지 모르는 암살
자에게 살해되었다.

白夜
포석 조명희를 위한 만가

겨울에만 입는 하얀 군복 차림의
군인들이 자작나무 숲 속에
숨어 있었다, 받들어총 자세로.

목줄 맨 북극견 한마리
사각으로 뚫린 창밖을 지나가고,
쥐 죽은 듯이 고요한 연병장에 이따금
번개가 쳤다.

그는 아직 —
하바롭스끄 시 언덕 밑 아무르
북빙양 찬 바람의 추위를 받아
가만히 누워서 기다리고 있었다, 새날을.*

그는 아직 —
볼셰비끄의 봄을 믿고 있었다.
북방에 높이 솟은 소비에트공화국!
그 앞에 낡은 제도는 골짜기같이 무너졌다.**

유폐된 방에서 꿈꾸고 있었다, 그는.
꿈속에 나타난 저 눈부신

봄의 제전은 환상이었을까? ……아니다,
그렇다, 아니다, 그렇다, 아니다!

자작나무 숲이 움직이기 시작했다.
가지 위에 쌓인 눈이 땅으로 떨어지고
받들어총 자세가 쏘아총으로 바뀌었다.

그의 굽힐 줄 모르는 신념이
총구 앞에 선 가슴을 찢어발겼다.
아직도 눈 녹은 물이 질척거리는
하바롭스끄 시 KGB 연병장에서
1938년 5월 11일 백야에!

* 소설 「낙동강」의 작자인 조명희(1894~1938)는 1928년까지 국내에서 활동
하다 소련으로 망명했다. 블라지보스또끄와 하바롭스끄에서 문학 활동을
했으나 1937년 9월 KGB에 체포되어 그 이듬해 5월에 알 수 없는 죄명으로
처형되었다. *과 **는 조명희의 시 「아무르를 보고서」와 「볼셰비끄의 봄」
에서 따온 것이다.

양파

저 장엄한 사원의 탑들이
어찌하여 양파 모양으로 생겼을까?
스빠스까야 대성당의
황금빛 돔 앞에 섰을 때
나는 그런 생각을 했다.
그러다가 문득
러시아 사원의 탑들이
양파 모양으로 만들어진 것은
건축자들의 주식이 양파였기 때문에
그랬을 것이라는 엉뚱한 결론에 도달했다.

양파, 지극히 높은
하늘로 받들어 올려진 원형의 구세주!
그 안에는 아무리 뼈 빠지게 일해도
굶주린 배를 채울 수 없었던
러시아 농민들의 비원이 담겨 있다.

성부와 성모와 성자님,
힘없고 어리석은 저희들이
양파와 빵을 배불리 먹을 수 있도록
도와주십시오. 그리고 저희 딸

다찌아나가 시집갈 때는
지참금 대신 양파가 가득 담긴 자루를
마차에 싣고 갈 수 있도록 허락해주십시오.

양파 모양의 지붕 아래
근엄한 표정으로 앉아 있는 성자들,
러시아의 광활하고 비옥한 대지는
그 앞에서 고개 숙이고 기도하는
가난한 농부들이 땀과 눈물로 일군
아름다운 국토가 아니었을까?
거대한 흰꼬리수리 한마리
시베리아의 대평원을 가로질러
바이깔 호수 쪽으로 날아갔다.

칸다하르 편지

편지가 오지 않는다.
나는 벌써 한달 가까이
오지 않는 편지를 기다리며
마을 밖 큰길을 내다보고 있는데,
지쳐서 쓰러진 걸까
자전거 바퀴가 망가진 걸까
오기로 되어 있는 우체부 아저씨는
해가 기운 뒤에도 오지 않았다.

텔레비전에서는 날마다
세계 제일의 고층 건물이 속 빈
컨테이너 박스처럼
무너져내리는 화면이 방영되고
군함에서 쏘아올린 미사일이
모래와 바위뿐인 도시를 막가파 식으로
폭격하는 광경을 보여주고 있는데,
왜 죽어야 하는지
왜 살아야 하는지도 모르는
무고한 아이들의 새까만 눈동자가
겁에 질려 파랗게 떨고 있었다.

사실, 오기로 되어 있는 그 편지는
내 오래된 아랍인 친구로부터다.
사막의 여우같이 동굴 속에 숨어서
아랍의 대의와 이슬람의 정의를
지키기 위해 싸우는 다부진 전사.
허나 칸다하르 소인이 찍힌 그 편지는
라마단의 달이 떠오르고 있는데도 오지 않았다.

그 편지 받았더라도 나는
슬퍼하거나 당황하지 않을 것이다.
나이도 먹을 만큼 먹었고
두세기를 넘나들며 재미나게 살았으니
조금도 서운해할 일이 아니다.
내 낡은 구두는 오대양 육대주의
번화한 도시와 어두운 뒷골목
깊은 강, 항구, 아무것도 없는 텅 빈 벌판
잡목들이 우거진 신들의 무덤과
눈 덮인 장엄한 산맥을 넘어서
누떼를 쫓는 맹수처럼 달려왔으니,
피부에 닿기만 해도 소리 없이 죽는다는
탄저균 가루가 편지 속에 숨어서

목숨을 노린다 해도 나는 결코
피하거나 도망치지 않을 것이다.
죽음은 비극적일수록 멋지다고 하지 않던가?

그럼에도 사람들은 왜 그렇게
호들갑을 떠는지 모르겠다.
사막에 핀 어린 생명들이
누려야 할 생의 환희조차 누리지 못하고
흙먼지 속에 파묻히고 있건만
늘어진 뱃가죽 주체하지 못하고
뒤뚱뒤뚱 오리걸음 가쁜 숨 몰아쉬며
늙음을 아쉬워하고 있다니!

그렇다, 유구한 길을 걸어온 자와
이제부터 그 길을 가야 할 자의
값은 다르다. 죽음을 각오하고
싸우는 자의 편지를 기다리며 부디
그의 남은 생이 누추하지 않기를 빈다,
뜻대로 되는 일은 아닐 테지만……

우체부 양반,

내일은 아침 일찍이
그 편지 배달해주시오, 잉!

오월, 그리고 어느날

詩가 써지지 않는 날에는
창문을 열고 담 밖에 붙여서 심은
대추나무를 바라본다.

오랜 가뭄 끝에 내린 비가
갓 피어난 푸른 잎에
북을 울린다 경쾌하게!
순간, 저것이 대추나무가 아니라
파초였으면 좋았을걸 하는 생각이 든다,
비 맞으면 일어서서 춤추는 파초 잎.

아니다, 파초 잎이 아니라
장대비 쏟아지는 망월동에서 펄럭이던
비에 젖은 만장이어야 한다.
거친 땅 붉은 흙 속에 묻힌 전사들,
그들의 머리 위에 쏟아지던
총알 같은 빗줄기,
그 강철의 시련이어야 한다.

허나 무덤의 흙이 마르기도 전에
그대를 잊어버린 사람들 곁을 떠나

파편처럼 누워 있는 시인이여!
이 궂은비 내리는 천민자본주의의 나라에서
그대는 무슨 혁명을 꿈꾸고 있는가?

최후통첩의 날에

열차가 오기 전에 비둘기는
철길에 내려앉아
먹을 것을 찾고 있었다.

모래바람이 휩쓸고 간
사막의 분기점에서 비둘기는
제 뒤에 다가선 죽음의 그림자를
모르고 있었을까?

강철로 된 차바퀴가 짓이기기 전에
어디론가 날아갔어야 할 비둘기.
그러나 먹이에 눈이 먼 슬픈 새는
도망갈 줄 모른다.

그 누구도
바그다드의 여자와 아이들을 소멸할 권리는 없다!
시간은 번갯불처럼 지나가고
포연으로 뒤덮인 도시의 폐허에서
제국의 독수리가 노려보고 있다,
사냥감을……

* 2003년 3월, 이라크 파병을 반대하는 집회에서 낭독한 시.

落花

수유리에서

하룻밤 휘몰아친

미친바람에

활짝 핀 아까운 꽃들

다 떨어졌네.

귀향

나 홀로 찾아가는 길이다
그곳이 어디 있는지 나는 모른다.

밤새도록 뒤척이며 잠 이루지 못하다
새벽에 눈뜨면 채비를 한다.

찌그러진 밥그릇에 숟가락 하나
배낭에 매달 고무신 한켤레.

어기야 디야 어기야 디야
나룻배와 개망초와 언덕 위의 빈 무덤.

새 한마리 울면서
물 아래로 날아간다.

유모차

우리는 누구나
제 유모차를 밀고 가야 한다.

유모차에 탄 아기는
사랑과 희망,

하지만 고갯길에서
회오리바람을 만나면

유모차는 뒤집히고
아이들은 길 위에 쏟아진다.

누가 그들을 일으켜세워줄 것인가?

우리는 모르지만
유모차가 굴러간다, 노래를 싣고 —

포항 시편

1. 칠포에서

밀려오고
밀려가는 것은 파도뿐.

우리의 살아가는 모습도
저와 같거니,

밀려가고 밀려오는 것은
파도뿐!

2. 폐선

낡아서
뭍으로 밀어올려진
배처럼
조금은 외롭게
쓸쓸하게.

3. 방파제

여기서부터
오지 말라고 하네.

새파란 물결 달려와 부서지는
호미곶!

여기서부터는
오지 말라고 하네,

한 십년쯤……
한 십년쯤……

봄을 기다리며

우리가 어렸을 때는
한겨울의 풍경도 이렇지는 않았다.
마을 밖 당산나무에 눈꽃이 피면
부엌에서는 관솔불이 타고 있었다.

우리가 어렸을 때는
겨울 하늘이 수정같이 맑고 투명했다.
서리 내린 들녘에 햇살 퍼지면
새들은 숲속에서 조잘거렸다.

캄캄한 매연에 덮인 서울 거리
구정물로 출렁이는 세모의 강물,
이 오염된 궂은 바람 속에서도
봄을 기다리는 꽃망울은 움트고 있을까?

백중맞이

기억하고 있습니다, 지금도.
미망이신 어머니의 손을 잡고 찾아간
도피안사의 백중날 밤 풍경을,
그 무렵 제 나이 열둘이었죠.

하늘에는 은가루 같은 별이 빛나고
절 뒤켠 어두컴컴한 솔밭에서는
접동새가 구슬피 울고 있었죠.

그로부터 예순해가 지났습니다.
어머니는 저지난해에 돌아가시고
저 역시 백발이 되었습니다.

부처님,
우리 어머니 닮으신 미륵 부처님.
가시는 그의 길을 살펴주세요
가시는 그의 길을 비춰주세요.

안개의 나라

요즘 이 나라에는
앙칼진 독사 같은 안개가 자주 낀다.
안개가 소리 없이 도시와 마을을 점령하면
숲에서 날아온 새들은 숲으로 돌아가고
사람들은 문을 닫고 숨을 죽이고
검붉은 하늘 아래 싸이렌이 울린다.
그리고 개 짖는 골목 안에서
안개의 군단이 지나가기만을 기다린다.

예를 들면 이런 일도 있었다.
손잡고 밤길을 걷던 젊은 연인들이
안개에 눈이 멀어 비틀거리다
뚜껑이 열린 맨홀 속으로 빠져버렸다.
소식 듣고 달려온 가족과 친구들이
발을 구르며 울부짖었으나
어둠의 세계로 추락한 젊은이들은
두번 다시 솟아오르지 않았다.

한때 안개는
촉촉하게 휘감기는 매력 때문에
멍청한 시인들의 정부가 되었으나

그 끈적거리는 정사의 폐기물은
청소부들의 궂은일이 되고 말았다.

안개 없는 나라에 살고 싶다!
인간의 목숨 노리는 파충류의 독 같은
안개가 소멸된 세상에서.

서울역 지하도에서

이 캄캄한 땅 밑은 오랫동안
산 자가 아닌 죽은 자의 세계였다.
더 깊은 땅속에서는 하오의
전동차가 굉음을 울리며 지나가고,
희미한 불빛 아래 쫓겨난 자들이
고사목처럼 누워서 잠을 자고 있었다.

이들에게도 한때는 단란한 가정과
다정한 식구들이 있었을 것이다.
그러나 지금은 옥죄는 자본주의의
톱니바퀴에 치여 살길을 잃어버리고
누더기 같은 헌 옷 몸에 걸친 채
차디찬 시멘트 바닥에 누워
잠을 청하고 있는 것이다.

이제 그들에게는
거덜난 삶 일으켜세워줄 손도 없고
그들 또한 고달픈 잠에서 깨어
솟아날 의지도 없어 보인다.
잔인한 시간은 소음과 함께
급행열차처럼 달려가고,

회벽같이 마른 불 꺼진 눈에서는
빛이라곤 찾아볼 수 없다.

언제까지 이렇게 살아야 합니까?
인간의 모습과 존엄마저 빼앗긴 채
그들이 살아갈 날이 얼마나 남았습니까?
이 망자의 땅에서 그들이 해방되지 않는 한
이 땅에는 봄이 더디 올 것입니다.

슬픈 봄날

문 열고 내다보면
저 건너 배봉산에 핀
아카시아꽃이 눈부시다.

어제는 세집 지나 귀퉁배기 집에서 큰 소동이 벌어졌다. 그 집
의 가장 영출이 아범이 술주정을 하다가 식구들에게 쫓겨났다는
것이다. 아이엠에프 때 거덜이 나 공사판에서 막일을 하던 영출
이 아범. 시도 때도 없이 마시는 술로 세월을 잊어버리고 소리치
며 살아오더니, 마침내 집에서도 쫓겨나 앞강물로 달려가서 빠
져버리고 말았다고 한다.

산에는 꽃 피고
새들이 지저귀는 봄이 왔건만
가슴에 멍이 든 사람은
그 상처가 아물기도 전에
돌아오지 못할 길로 떠나는 세상.

비구야, 이런 때는 나도
무슨 말을 해야 할지 모르겠구나.

등을 달아라
어느 택배꾼의 노래

종로에서 서울역으로
서울역에서 강 건너 빌딩 숲으로
때 묻은 돈 몇푼 움켜쥐려고
발바닥이 닳도록 뛰어다닌 날은
유난히 배가 고팠다.

초겨울의 늙은 해는
가쁜 숨을 몰아쉬고 아침 먹은
배가 꺼져서 등줄기에 붙었건만
입이 깔깔해서 식욕이 나지 않는다.

아내여, 빈방에 홀로 앉아
신세타령을 하고 있을 아내여,
서산에 해 지거든 등을 달아라
대문 앞 자귀나무에 등불을 달아라.

병든 서울*

내가 북에서 남으로 내려왔을 때
그는 남에서 북으로 가고 없었다.
양담배와 초콜릿과 추잉껌,
지프차와 GI와 양갈보가 우글거리는
서울 거리를 헤매고 다니면서 나는
그가 남기고 간 「병든 서울」을 읊조렸다.

"8월 15일 밤에 나는 병원에서 울었다.
너희들은 다 같은 기쁨에
내가 운 줄 알지만 그것은 새빨간 거짓말이다.
일본 천황의 방송도,
기쁨에 넘치는 소문도,
내게는 곧이가 들리지 않았다."**

다시 한곡조 ─

"병든 서울, 아름다운, 그리고 미칠 것 같은 나의 서울아
네 품에 아모리 춤추는 바보와 술 취한 망종이 다시 끓어도
나는 또 보았다.
우리들 인민의 이름으로 씩씩한 새 나라를 세우려 힘쓰는 이
들을……"***

전쟁이 났을 때 인민군을 따라
북에서 내려온 오장환의 오줌 빛깔이
핏물처럼 붉었다는 소문은
그후 누군가로부터 들은 얘기지만,
우리는 그가 왜 이런 몸을 이끌고
남쪽으로 내려와야 했는지를 안타까워했었다.
1951년 가을에 북으로 돌아간 오장환은
신장병을 앓다가 죽었으며,
영웅적인 시인의 역사는 이것으로 막을 내렸다.

하지만 나는 지금도
오장환이 없는 서울을 슬퍼하고 있다.

　　한집 건너 술집,
　　두집 건너 러브호텔,
　　세집 건너 바다이야기,
　　네집 건너 정신과병원.

자본주의가 판을 치는 정글 속에
독버섯처럼 만발한 병든 서울.

그 병든 서울의 밤하늘을 바라보며 나는
오장환이 노래한 '인민의 이름으로 세워진
새 나라가 어디에 있을까' 하고 살펴보았다.

* 「병든 서울」은 오장환의 시. **와 ***의 인용구도 거기서 뽑았다.

열풍 속에서

이 세차게 불어오는 바람은 한때
내 굳어버린 정신의 암반 위에
뜨거운 용암을 쏟아부었다.
저 남녘 땅 이름 모르는 과수원에서
가슴에 총알 맞고 쓰러진
애젊은 전사의 비장한 모습도 보여주었고,
난파선 옆 모래밭에서 그물을 깁는
늙은 아비의 기다림에 지친 모습도 보여주었다.
석유불 가물거리는 부엌에서는
허리 굽은 어미가 그나마 살아남은
식구들을 위해 저녁밥을 짓고 있었고,
고향을 등지고 떠난 막내아들은
태백산 탄광의 후미진 막장에서
탄 아닌 목숨을 캐고 있었다.
모두가 외롭고 가난한 풍경이지만
아, 그래도 그때만은 아직
죽지 않고 새 하늘을 바라보려는
철삿줄 같은 의지와 희망이 있었다.

그러나 지금
이 도시의 구역질나는 하수구에서

살을 녹이는 칼바람을 맞으며
노동을 하고 있는 아들에게는
아무런 소망과 의욕도 없다.
하루의 고된 작업을 마치고 돌아와 누운
한평짜리 쪽방의 밤은 쓸쓸하기만 하고,
잔재주 부리며 배부른 자들이 벌이는
난장판 축제와 아귀 다투는 장면이
내 잠을 악몽처럼 어지럽히고 있다.
저 건너 막다른 골목 안 집에서는
사업에 실패한 중년 가장이
처자식을 약 먹여 죽이고 불질렀다는
끔찍한 소문이 들려오고 있건만,
오늘도 강 건너 요정에서는
프랑스산 고급 양주와 샥스핀
바닷가재 요리가 잘 팔린다고 한다.

신령님(저는 당신의 이름을
이렇게밖에 부를 수 없습니다)
남을 미워하는 증오의 죄와
살생의 업을 짓지 않고 살아가려는
중생이 어찌하여 저 미쳐버린

광란의 열풍 속에서 사시나무 떨듯
떨면서 살아야 하는 것입니까?
마음속에 깃든 죄의 유혹을
당신께서 손에 든 지팡이의 위력으로
멀리 물리쳐 보낸다는 나의 신령님,
미망의 피연못 속에서 흐느껴 우는
이 몸을 일으켜세워주시고
진흙탕 속에서 피어오른
연화세계로 이끌어주십시오.

열던

조태일 시인이 인쇄소 사장으로 있으면서 오가는 사람들을 술집으로 데려가 술을 사 먹이던 시절에도 나는 그를 찾아가지 않았다.

내가 하도 찾아가지 않으니까 팔십년대 후반의 어느날 경희대 정문 앞에서 딱 마주쳤을 때 그가 나를 막무가내로 끌고 맥줏집으로 들어갔다.

형님은 왜 그렇게 재미가 없소. 신 선생이나 황 선생 같은 분이 모두 내 말을 들어주는데 왜 형님만은 고집을 피우며 놀러 오지 않는 거요?

나야 몸이 실한 편도 아니고 통이 작아서 남이 사주는 술이나 밥을 넙죽넙죽 다 받아먹지 못하잖아, 좀 봐줘.

그럼에도 나는 이날 조태일 시인이 사주는 생맥주를 두컵이나 마시고 땅콩을 씹으면서 버텼다.

조태일은 남 앞에 서길 좋아했다. 감옥에 가고 역사의 수레바퀴를 돌리는 일에 앞장섰지만, 세상이 바뀌자 이제 더는 제 할 일이 없다는 듯이 훌훌 털고 길을 떠났다. 담배를 피워 물고……

그후 조태일 시인이 제 고향 절집에서 양산박 두령이 되었다
는 소문이 들려왔지만 나는 귀담아듣지 않았다. 다만 그의 뚝심
센 영웅주의만이 내 가슴에 남아 있다. 그 눈부신 헤로이즘!

외침

철야 작업을 마치고 돌아가는 길
붉은 신호등이 켜진 건널목에서
싸늘한 새벽바람에 몸을 떨며 서 있을 때
어디선가 벼락 치는 소리가 들려왔다.

—다같이살자는데왜이렇게힘이드냐!
—다같이살자는데왜이렇게힘이드냐!

처음에는 그게 무슨 소린 줄 몰랐다.
그 소리의 주인이 누군 줄도 몰랐고
수없이 반복되는 외침에 귀가 아팠다.

그러다 한참 뒤에
신호등이 푸른색으로 바뀌고
횡단보도가 눈앞에 열렸을 때
바람같이 스치고 지나가는 그를 보았다.
아래위에 검은 운동복을 입고
뒤통수가 벗어진 겉늙은 사내.
맨발에 슬리퍼, 휘청거리는 몸동작.

그가 누구일까?

나는 일찍이 그를 본 적 없고
나 사는 동네의 주민도 아니다.
이 새벽에 날 도와주려고 찾아온
귀한 손님은 더더욱 아니다.

그가 누구일까? ……나는 모른다.
다만 조금 전에 그가 달려간
건널목 이편에 서서 내가,
그가 던지고 간 이 시대의 화두를
앵무새처럼 되뇌고 있을 뿐이다.

──다 같이 살자는데 왜 이렇게 힘이 드냐?
──다 같이 살자는데 왜 이렇게 힘이 드냐?

풍경

저기 수양버드나무 아래

노인 하나가 지나간다

팔을 뒤로 돌려 뒷짐을 지고

어설픈 걸음걸이로 허청허청 지나간다

새 한마리 날지 않는

쨍쨍한 대낮!

새벽에 눈을 뜨면
가야 할 곳이 있다

창비
2013

序詩

다시는 오지 않으리라
꽃도 철 따라 피지 않으리라
그리고 구름도
嶺 넘어 오지는 않으리라

나 혼자 남으리라
남아서 깊은 산 산새처럼
노래를 부르리라
긴 밤을 새워 편지를 쓰리라

이 가을에

가을이 깊다.
이역만리 먼 곳에서 날아온 새들이
갈대밭에 내려앉아 지친 몸을 쉬고,
이슬에 젖은 연분홍 꽃잎들이
불어오는 바람에 깃을 여민다.

생각해보아라
얼마나 모진 세월을 살아왔는지,
이제 너에게 남겨진 일은
그 거칠고 사나운 역사 속에서
말없이 떠난 이들을 추념하는 일이다.

아, 모두 어디로 갔단 말이냐
끝까지 올곧고 아름다웠던 젊은이들,
시월상달 이 눈부신
서릿발 치는 푸른 날빛 속에서
어디로 가야 만나볼 수 있단 말이냐!

새벽에 눈을 뜨면

새벽에 눈을 뜨면
가야 할 곳이 있다.
밤새도록 뒤척이며 잠 이루지 못하다
새벽에 눈뜨면 가야 할 곳이 있다.
울타리 밖에 내리는 파리한 눈,
눈송이를 후려치는 아라사 바람이
수천마리의 양처럼 떼지어 달려와서
왕소나무 숲을 뒤흔드는 망각의 땅,
고구려와 발해의 옛 터전을
새벽에 눈을 뜨면 찾아가야 한다.

그곳을 떠나온 지도
육십년이 지났다. 그곳에는 아직
돌아오지 못한 슬픈 아비가
해란강 언덕 위 흙 속에 누워 있고,
늙어서 허리가 굽은 옛 동무들이
강둑에 나앉아 담배를 피우고 있다.
고삐 풀린 망아지처럼 뛰어다니던
뒷동산 언덕 위의 넓은 풀밭과
얼굴이 하도 고와 뒤쫓아다니던
왕가네 호떡집 딸 링링도 살고 있다.

이토록 바람 불고 추운 날에는
검은 털모자로 얼굴을 가리고
말 타고 달려오던 녹림의 호걸들,
그 마적들이 외치는 군호 소리에
어린 나를 끌어안고 가슴 조이던
애젊은 오마니도 이제는 없다.
장백산 올라가는 멧등길에
하얗게 피어 있던 백도라지꽃,
그 북간도의 화전 마을을
새벽에 눈을 뜨면 찾아가야 한다.
더 늦기 전에!

바람의 길

바람은 어디서 불어와 어디로 날아가는가?
바람은 저 남쪽 쪽빛 바다에서 불어왔다가
아스라이 눈 덮인 저 북쪽 높은 산으로 날아가고,
다시 발길을 돌려 남쪽에 있는 섬나라로 돌아온다.

술 한잔 마시고 비틀거리는 걸음걸이로
지하철역을 찾아가는 노숙자처럼
예측 불허의 바람은 끊임없이 찾아왔다가
불가사의한 우주의 궁륭, 하늘로 날아간다.

바람이여 불어오너라, 내 젊은 날
검은 머리 휘날리며 바다의 神을 찾아다닐 때
더할 나위 없이 다정한 친구였던 바람이여
불어오너라, 저 바다 건너 섬마을의
외딴집을 찾아갈 때까지!

가을날

고추잠자리가 날아간다

구름 사이로 열린

새파란 하늘을 향해

온몸이 달아오른 고추잠자리가

유리빛 날개를 파닥거리며

쏜살같이 날아간다

허공에 비친 깊은 호수가

하느님의 눈동자라도 되는 양.

봄을 기다리며

입춘 지나고 닷새째 되는 날
장안교 다리 위에서
얼음 밑으로 흐르는 강물을 보았다.

바람은 아직도 험상궂고 쌀쌀해
머리 위에 뒤집어쓴 빵떡모자를
날아갈 듯이 후려치고 있지만

그래, 네 맘대로 해봐라!
아무리 앙탈을 부려도 너는 가고
꽃 피는 새봄이 돌아오리니,

가지 않는 겨울을 매섭게 노려보며
궐련 한개비를 지그시 입에 문다,
쓴 담배 연기가 꿀맛 같다.

새의 길

길을 찾아 나선 것이 아니다
길은 처음부터 있지 않았다.
우거진 수풀과 돌무더기를 헤치고
강물이 내려다보이는 절벽 위에 섰을 때
길은 끊어지고 흔적조차 없었다.

── 이제 어디로 가야 하지?

뒤쫓아오는 두려움에 식은땀이 흐를 때
강 건너 저편에서 불 하나가 보였다.
소리 없이 흐르는 캄캄한 강물
더는 망설일 틈이 없었다.
몸이 바람을 타고 날아오르자
눈앞에 새의 길이 나타났다.

날개야 돋아라
날자, 날자, 날자, 한번만 더 날아보자꾸나!*

* 이상의 「날개」에서.

돌산에서

달이 떴다.

산으로 올라가는 오솔길을
허우적거리며 찾아간 채석장,
깎여나간 암벽들이
십육 나한처럼 늘어서 있다.

달빛 푸르고
바람 시원한 팔월 한가위,
떨어져나간 화강암 덩어리가
하늘을 보며 울고 있다.
미처 이루지 못한 성불의 염원 때문일까?

맨바닥에 떨어진 낙석 위에 앉아서
궐련 한개비를 향불인 양 태운다.
아, 이제야 열반에 드신 그분 곁으로
가는 길을 찾았나보다.

출항의 꿈
그곳은 늙은이의 나라가 아니다*

아직은 때가 아니라지만
이따금 나는 기적을 울리며 떠나가는
출항의 꿈을 꿀 때가 있다.
부두에서는 작별의 환송객들이
손수건을 흔들고, 오색 테이프 나부끼는
조타실에 우뚝 서서 나는
저 멀리 동쪽 하늘에 떠오르는
붉은 태양을 바라보며
결의에 찬 눈빛으로 이별을 고한다.
더러는 바람 부는 거리에 두고 온
인연이 서러워 가슴 아플 적도 있지만,
돌고래 헤엄치는 새파란 물굽이와
연어떼 몰려오는 먼 바다를 지그시 내다보며
출항의 깃발을 높이 올린다.
아직은 때가 아니라고 말하기도 하지만……

* 예이츠의 시 「배를 타고 비잔띠움으로 가다」 첫 구절.

격양가

땅에서 뽑아든 흙 묻은 손을
하늘 높이 들어 보이는
농부들의 기쁨을 아시는가?

들에는 마지막 이삭이 익고
바람 빛나고
구름 날아가고
먼 하늘에 펄럭이는 두레의 깃발.

비록 제값 받긴 어렵더라도
땀 흘려 거둔 가을 노동의 손을
힘차게 흔들며 노래하는 기쁨을
아시는가 벗이여,

시월상달 선들바람에!

늦가을 단풍

저 건너

용마산 골짜기에

활활 타오르는

늦가을 단풍!

새들은 울면서 날아가는데

기댈 곳 없이 떠도는 영혼이여

어느 하늘 밑 땅을 찾아가느냐?

모기에 관한 단상

내가 너를 위해
피를 모아둔 지도 꽤 오래다.
새파란 젊음이 스러진 자리에는
검은 재만 남고, 몸 안에서 출렁이던
생명의 물은 날이 갈수록 줄어들고 있다.

내 유년의 물놀이 친구였던
장구벌레야, 웅덩이에 괸 물을
퍼내야 할 때가 돌아오지 않았느냐?
경비행기의 프로펠러 소리를 울리며
강 건너 저편에서 네가 날아오를 때
내 메마른 입술은 발갛게 상기된다.

내 귀에 갑자기
아마존 밀림에서 우는
극락조 날갯짓 소리가 들려온다.
은하계에 박혀 있던 별 하나가
반짝! 눈앞으로 다가오고,
잉여의 피를 뽑아버린
영혼의 터빈이 힘차게 돌아간다.

나는 너를 믿는다. 이것이
너와 나 사이의 약속임을 알고 있다.
늙고 병든 상처마다 찾아다니는
꿈의 벌새, 너는 내 영원한
구원의 사냥꾼이다.

冬至의 詩

나무들은 모두
깊은 잠에 빠져 있다.

지난봄
수많은 푸른 잎 사이로
비단같이 보드라운 꽃을 피우던
나무들은 시방
바람이 불어도 미동조차 하지 않는다.

줄기 사이로 새봄을 준비하는
꽃몽우리를 속껍질 속에 숨긴 채
난세를 참고 견디는 선비같이
눈을 감고 있다, 말없이!

가을 나무

사람은 제 운명을 모르지만
나무는 제 갈 길을 알고 있다.
봄 여름 지나고 가을,
가지마다 무성한 푸른 잎 벗어던지고
갖은 욕망 다 털어버리고
저 깊은 대지의 품에 안겨
소리 없이 잠들고 싶다고.
그러다 겨울이 가고 새봄이 와
들에 산에 냇가에 풀잎 돋으면
긴 잠에서 깨어나
밝아오는 푸른 하늘 우러르고 싶다고.
지리지리 지리리 지리지리 지리리
날개 끝에 바람을 달고
온몸으로 노래하는 종달새처럼
살고 싶다고, 죽고 싶다고!

겨울 초성리*에서

강은 바닥이 보일 만큼 말라 있었다.
여기저기 하얗게 얼어붙은 얼음장들이
강물의 얼굴을 상포인 양 가리고
동족끼리의 싸움에서 이기고 죽었노라는
기념비가 둑에서 저만치 떨어진 곳에 서 있었다.
저 멀리 소리 없이 꿇어 엎드린
한겨울의 산들, 이 땅에서 숨진
젊은이들은 지금 어느 곳에 누워 있느냐?
총소리와 대포 소리, 적들이 불던
날라리 소리는 정적 속에 사그라지고
보초를 서던 초성리 정거장 앞마당에는
태극기가 휘날리고 있다.

* 초성리는 경기도 연천군 한탄강변에 있는 나루터. 한국전쟁 때 그 강을 사
이에 두고 아군과 적군 사이에 처절한 전투가 벌어졌었다.

겨울 강에서

찬 바람이 불어도 아이들은
강에서 얼음을 지치며 놀고 있다.
부모는 오래전에 집을 떠났고
아이들은 조부모와 함께 산다.
할아버지는 길에서 휴지를 줍고
할머니는 가게 앞에 놓인 박스를 주워
고물상에 갖다 주고 쌀을 산다.
해가 뉘엿뉘엿 서산에 걸려도
아이들은 돌아갈 생각을 하지 않는다.
이따금 지나가던 아주머니가
애들아, 뭘 하고 있니, 집에 안 가고?
소리치지만 아이들은 유리창에 불 켜진
아파트만 멍하니 바라보며
집으로 갈 엄두를 내지 않는다.
누가 저 아이들을 돌려보낼 수 있겠느냐
눅눅하고 쓸쓸한 지하 단칸 셋방에!
지켜보던 나그네 마음이 심란하기만 하다.

매화를 기다리며

저 남녘 땅 어디에는
세월 따라 매화가 피었다지만
한양에 있는 우리 집 마당에는
우수 경칩 다 지났건만 피지 않았네.

매화야 매화야,
네 차디찬 몸 피어나지 않으면
바람 소리 요란한 이 강촌에
휘파람새도 꾀꼬리도 날아오지 않는단다.

어렵사리 눈만 뜬 매화나무 아래
꽃 피는 시간을 하염없이 기다리며
피리 불고 북 치며 홀린 듯이 불러보는
봄의 혼, 나의 가슴에!

소야곡

하모니카가 지나간다.
야심한 시간 11시 35분
손님이라곤 없는 전동차 안에서
잘 있거라 나는 간다
이별의 말도 없이……
하모니카 소리가 지나간다.

한 손에는 동냥그릇
또 한 손에는 악기를 들고
비실비실 뒤뚝뒤뚝
앞 못 보는 하모니카가
하루의 노동으로 곯아떨어진 승객들 사이로
소야곡을 울리며 지나간다.

비무장지대에서

여기서 북쪽으로 눈을 돌리면
육십년 전에 떠나온
고향 마을이 보인다.

불에 타 허물어진 돌담 곁에
접시꽃 한송이가
빨갛게 피어 있다.

얘들아, 다 어디 있니,
밥은 먹었니,
아프지는 않니?

보고 싶구나!

하늘나리꽃

저 어둡고 쓸쓸한 밤하늘
빛의 미립자가 모여서 소용돌이치는
안드로메다 성운 속에
눈먼 부스러기별 한알을 던졌다.

구름 위를 날아가던 새파란 새가
그 별을 물고 지상으로 내려갔다.

함경북도 무산군 영북면
두만강변에 가보아라.
깎아지른 절벽 위에
하늘나리꽃 한송이 피어 있으리니……

비 오는 날

새 한마리 날아가네

때 묻은 솜뭉텅이 흐린 하늘에

새 한마리 울면서

구름 속으로 날아가네

온 누리에 부슬비

소리 없이 내리는 날!

다시, 이 가을에

용마산 꼭대기에 흰 구름이 떠 있다.
하늘은 새파랗게 개어 산들바람 불어오고
강물은 티 없이 맑아
두루미 서너마리가 춤추듯이 날아간다.

이 가을에
아버지는 저 멀리
북만주 땅에 누워 계시고,
어머니는 저 산 너머
용인 땅에 누워 계시다.

이제 며칠 후면 추석이라는데,
오래도록 잊고 살아온 두분의 모습이
불현듯이 떠오른다, 눈앞에!

호궁[*] 소리

황사 바람 날리는 막북의 땅을 지나
은성한 도읍의 성문 앞에 섰을 때
호궁 켜는 노인이 내게 물었다.

―어디로 가는 길인가?

―어디로 가는지 저도 모릅니다.

―저도 모르면서 어디까지 가려고 하는가?

―집 잃은 자의 길이 다 그런 게 아닐까요.

―옳거니, 자네하고는 말이 되는 것 같군.

그러더니 노인은
배꼽 밑에 찬 낡은 자루에서 무언가를 꺼내주었다.

―그게 뭡니까?

―불에 볶은 호밀 가루야.
  성문을 지나서 안으로 들어가면

542

늙은 회화나무 아래 우물이 있을 걸세.
그 물에 이 가루를 타 마시고 길을 떠나게나.

─고맙습니다, 어르신!

여러날 동안 배고팠던 내가
노인이 준 선물을
허겁지겁 받아들고 고개를 들었을 때
그곳에는 아무것도 없었다.
은성한 고을의 크나큰 성문도
호궁 켜는 노인도 어디론가 사라지고,
두 손에 받아든 호밀 가루만이
바람에 흐느끼듯 날아가고 있었다.

* 胡弓은 대나무로 만든 통에 가죽을 입히고 줄을 건 후 말총으로 된 활로 연
   주하는 현악기.

흔적

아무도 그를 보지 못했다.

바람에 흔들리는

타마리스크나무 아래 앉아 있을 때

그는 떠나고

흔적조차 없었다.

묻지 마라!

갈대밭에서

저 누렇게 시든 갈대밭에서
쇠기러기들 떠난 지 얼마나 되었느냐.

해는 타오르며 바다로 떨어지고
바람 소리 요란한 갯벌에 어둠이 내리면

줄기마다 칼이 꽂힌 갈댓잎 사이로
달이 뜬다, 달이 뜬다, 물안개 속에.

그 물안개 헤치고 들려오는 울음소리
어디 있느냐, 어디 있느냐, 달빛에 젖은

기다림에 지친 보고 싶은 얼굴들.
어디 갔다 인제 오느냐 기러기처럼!

매지리에서 쑥을 캐며

지난 사월의 어느날
매지리로 간다니까 아내는
쑥을 캐 가져오라고 말했다.
맷돌에 갈아서 체로 친 미분에
물에 씻은 봄쑥을 넣어
쑥버무리를 만들면 예전에 떠나온
고향 생각이 날 거라고 하면서.

강원도 원주시 흥업면
매지리에는 토지문학관이 있다.
지금은 버릴 것 다 버리고
이승을 떠난 박경리 선생이
온 힘과 정성을 기울여 세우신
젊은 문학도들의 아카데미아다.
그 문학관 주변의 들과 산에는
파르무레한 쑥들이 지천으로 깔려 있다.

병환이 도져 서울로 가셨다는
주인 없는 그 집에서 나는
밤이면 글을 쓰고, 낮에는
산과 들을 헤매고 다니면서

새들의 울음소리에 귀를 기울이고
파랗게 돋은 쑥을 캐어 봉지에 담았다.
늙어서도 고웁고 소박하시던
선생님의 모습을 먼 하늘에 떠올리며.

"버리고 갈 것만 남아서
참 홀가분하다"고 노래하신 선생님은
얼마 후에 빈손으로 돌아가시고,
나는 미처 선생께서 가셨다는 소식을
듣지도 못한 채 매지리를 떠났다.
내 가슴을 아프게 울린 그 한마디를
마음속에 간직한 채!

평사리에서

섬진강 오백리 길

서희* 만나러 왔다가
서희는 만나지 못하고
백운산 기슭에 하얗게 핀
매화만 보고 가네.

그 어디 강마을에
외기러기 호올로 날아가더냐?

* 서희는 얼마 전에 돌아가신 박경리 선생의 대하소설 『토지』의 여주인공.

晩年

예전에 읽은 다자이 오사무*의 소설에
「만년」이란 중편이 있었다.
다자이 오사무는 그 만년이 오기도 전에
바다에 몸을 던져 죽었지만,
죽을 때 한 여자를 가슴에 안고
동반 자살을 했다고 한다.

최근에 나온 시집 뒷글에서 도종환 시인은
내 詩를 '만년시'란 낯선 이름으로 불렀으나,
나는 과연 내가 만년이란 정거장에 도달했는지
지금도 확신이 서지 않는다.
내게는 아직 같이 죽을 여자가 없고
같이 죽을 여자가 없는 만년은 쓸쓸하다.
해 저문 바닷가에서 물새들의 울음소리를 들으며
내게도 하루속히 그날이 오기를 기다린다.

* 다자이 오사무는 일본 근대의 소설가.

별꽃

바람 끝이 매서운 이른 봄날
개울가 풀밭에 별처럼 생긴
작은 꽃이 고개를 내밀었다.

산수유도 진달래도 피지 않은
때아닌 계절에 이 꽃은
누구를 믿고 피어났을까?

그래서 나는
이 파란 꽃이 닮고 싶어하는
하늘의 별에게 기도를 드리기로 했다.

별님, 이 가련한 꽃이
모지락스러운 찬 바람에
움츠러들지 않도록 보살펴주십시오.

이 외롭고 가난한 꽃이
이 땅을 찾아오는 봄의
첫 손님이 되도록 도와주십시오.

작고 하찮은 목숨까지

어여삐 여겨주시는 별님,
병들어 만신창이 된 이 국토에 핀
꽃 한송이를 지켜주십시오.

기차를 잘못 내리고

날이 저물어 초저녁인데
사람이라곤 없는 시골 정거장,
모자에 금테 두른 역장이 나와
차표를 살펴보며 말을 걸었다.

손님이 내릴 곳은 여기가 아닙니다
아직도 몇 정거장 더 가야 하지요.

그런데 역장님,
왜 이렇게 힘이 들지요?
의자가 망가져서 치받는 것도 아닌데……

이 양반아,
나는 새벽에 나오면 밤늦게까지
이 쓸쓸한 간이역을 지키고 있다오.
설마 당신이 나보다 더
힘들다고는 하지 않겠지요?

어느덧 역사 안에 불이 켜지고
난로 위의 주전자가 끓고 있었다.
역장이 손짓으로 나를 불렀다.

철없는 길손이여,
이리 와서 차나 한잔 드시고 가소.
다음번 열차가 들어올 때까지!

소록도*에서

서럽게 살다가 외롭게 죽은
한 남자의 뒷모습을 보고 왔다.
사람 축에도 짐승 축에도 끼지 못해
만신창이 된 병든 몸을 이끌고
숨 막히는 전라도 황톳길을 걸어서
이곳까지 흘러온 天刑의 시인.

육지와 섬 사이의 바다가
배꼽 밑으로 흘러내린
청바지처럼 누워 있는 소록도.

성한 목숨이라곤 없는 유배의 땅에서
자살조차 할 수 없었던 그 사내가
남은 발가락 다 떨어질 때까지
찾아서 헤맨 꽃 청산.
바윗돌에 새겨진 詩 한수를 읽으며
문득 '보리피리' 소리를 들었다.

* 소록도에는 천형의 시인 한하운의 시비가 있다.

부활

겨우내
추워서 몸살을 앓다가
새파랗게 되살아난
맥문동 잎

봄비!

이름 모르는 새싹에게

이제 매운바람 다 가시고
갯버드나무에 보얗게 꽃 피었으니
어디론가 가야겠구나
남쪽 하늘을 바라보며.

옥양목 두루마기 한벌
쌍그렇게 지어 입고
정처 없이 떠나야겠구나
휘파람을 불면서.

애들아, 지난겨울의 칼날 같은 바람이
너희들을 짓이겼을지라도
죽지는 않았겠지, 힘은 들었을지라도.
너희들도 함께 가자!

꿈에 본 어머니에게

어머니,
제가 사는 이 세상
왜 이렇게 눈부신가요?

새들은 새들끼리
굴참나무 숲에서 지저귀고,
하늘에는 새털구름
강물처럼 흘러갑니다.

어머니 계신 그 세상에도
보리이삭 파랗게 패었습니까?
저 앞 새밋들에
실개천 한오라기 반짝이며 흘러가고,
자운영 핀 밭둑 위에
노랑나비 춤추며 날아갑니다.

봄, 중랑천에서

이제야 저 머나먼 남쪽 하늘에서
봄이 오나보다 꽃단장하고.
철모르는 겨울의 넝마꾼들이
온 세상에 차디찬 눈보라를 몰고 와
흐르는 강물을 얼어붙게 하고
날아오는 물새까지 도망치게 하더니,

이제야 봄이 와
쓸쓸한 강둑에 풀싹이 돋아나고
실버드나무 가지에도 푸른빛이 감돈다.
정녕 이제야 갈 곳 모르던
이 마음에도 깃털이 돋나보다
흰 무명옷 갈아입고 길 떠나야 할……

목백일홍

그 나무는 멀리서도 잘 보였다.
자비사에서 어림잡아 십여리
금등산 중턱에 서 있는 그 나무는
불꽃처럼 활활 타오르고 있었다.

"저 나무의 이름이 무엇이지요?"
하고 물었더니,
싸리비로 마당을 쓸던 노스님이
"목백일홍이지요." 하고 대답했다.

목백일홍 목백일홍……
백일 동안 피었다 지는 남도의 꽃.

오십년 전이던가, 육십년 전이던가
저 산에서 싸우다 죽은 슬픈 이들이
넋으로 피워올린 항쟁의 꽃, 망향의 꽃
목백일홍!

봄소식

연이틀 내리던 작달비 그친 뒤
아파트 옥상 피뢰침 꼭대기에 날아와 우는
꼬리가 하얀 작은 새.

부채질하듯 온몸을 흔들면서
좋아 죽겠다는 듯이 호들갑을 떠는
크기가 송편만 한 깝죽새.

이제 곧 봄이 온다는 신호일까,
강 언덕에 제비꽃이 피어난다는 뜻일까?
그 소리 그 몸짓이 반갑구나.

멧비둘기 소리

멧비둘기가 운다.
외롭고 쓸쓸한 겨울이 가고
꽃 피는 새봄이 돌아온다고
구국 구우꾹 갈참나무 숲에서
멧비둘기가 운다 머나먼 산길.

멧비둘기 울면 누가 오려나?
집 나간 아버지는 돌아올 줄 모르고
영마루에 웬 남자 혼자 앉아서
등짐을 내려놓고 담배를 탠다.
장에 간 어머니도 아니 오는데……

제주 시편

멀리서 바다가
흰 거품을 물고 달려오는 게 보인다.

해변의 검은 바위 앞에서
불을 쬐던 해녀들이 하나씩 일어나
물옷을 갈아입고 휘파람을 불면서
바닷속으로 뛰어든다.

문득,
입수하기 전에 한 해녀가
육지에서 찾아온 철없는 길손에게
넌지시 일러준 말 한마디가 생각난다.

　　─우리는 늙어가도 바당*은 그대로우다.

* '바당'은 '바다'의 제주도 방언.

은행나무의 꿈

그 어느날
깊은 잠에서 깨어나 먼 산을 바라보면
하늘의 불과 바람으로 노랗게 물든
은행나무가 보인다.

사람들은 다 나간 텅 빈 굿판에서
가지마다 무성한 부채를 들고
이승에서의 허물 헌 옷인 양 벗어던지며
두 팔 높이 들어 살풀이춤을 추는
은행나무.

이따금 멧비둘기도 날아와 우는
해질녘 뜨락에서 나 홀로!

늦가을 햇빛

병든 아내의 손톱을 깎아주고
화초에 물 주고
무심히 고개를 들어 쳐다본
늦가을 햇빛.

어디선가
휘파람새 날아가는 소리
휘이 휙 잽싸게 들려오고
새파란 하늘 위에
비늘구름 날아가고……

도로아미타불 관세음보살
철없이 웃는 아내의 얼굴에 비친
연분홍빛 노을.

해 저무는 거리에서

바람이 불면
해 저무는 거리에 굴러다니는
낙엽을 보며
어디로 가느냐고 묻고 싶어진다.

가랑 가랑 가랑잎,
저 북악산 골짜기에서 불어오는
강풍에 휘말려 힘없이 날아가는
초겨울의 마른 잎들.

문득 을씨년스러운 그 낙엽들이
재개발 지역에서 쫓겨난 철거민처럼 느껴진다.
살아온 날의 절반을 또다시 집 없이 헤매야 할
내 이웃들의 모습이.

햇볕 모으기

이제부터 나는
햇볕을 사랑하기로 했네.
그 옛날, 만주에 있는 우리 집 토담 밑에서
아편쟁이 중국 노인이
때 묻은 저고리 풀어헤치고
뼈만 남은 앙상한 가슴에
햇볕을 그러모으며 졸고 있었듯이.

그러기에 눈 어둡고
고개 휘는 시절 앞에 선 나도
볼품없이 여윈 몸뚱아리에
햇볕을 조금씩 모아 담기로 했네.
하늘에 매달린 용광로에서
하느님이 내려주시는 생명의 불을
다소곳이 모아 간직하기 위해!

그럴 수 있는 날이
얼마나 남았는지 모르겠지만……

잠 안 오는 밤에

잠 안 오는 밤에는
하얀 유리잔에 포도주를 따라 마시고
자리에 눕는다.
이 진보랏빛 포도주가 모래알처럼 흩어진
내 의식을 진정시키고
안식의 세계로 이끌어주길 바라면서……

내 불면의 밤은 이렇게
휘몰아치는 거센 파도처럼 밀려왔다가
끝없는 심연으로 가라앉는다.
문득 그 무의식의 영사막 위에
오래전에 떠난 고향 마을이 나타나고,
술래잡기를 하던 옛 동무들이
요지경처럼 비칠 때도 있다.
지금은 머리카락이 실몽당이같이
하얗게 바래고 허리가 굽었을 그 아이들,
아직도 그곳에 살고나 있는 걸까?

잠 안 오는 밤에
포도주 한잔을 따라 마시면
예전에 잊어버린 고향 마을이 보인다.

바리소*에서

그 일이 언제인지 알 수 없으나
솔가지로 엮은 섶다리 건너
머리에 고깔 쓴 여승 하나이
바리소 너머 산속으로 숨어든 것이.

난리통에 자식 잃고
미쳐서 헤매다가 찾아온 여인이냐,
무정한 사내에게 버림을 받고
길가에 피었다가 짓밟힌 노방화냐?
놋쇠로 만든 바리 하나 손에 들고
나무관세음보살 나무관세음보살……

―― 할!

가버린 것을 슬퍼하지 말고
오지 않는 것을 기다리지 말라.
오지 않는 것을 못 잊어 찾고
가버린 것을 슬퍼한다면
시간의 칼에 베인 풀잎처럼
몸과 마음이 시들어버리리라.

* 바리소는 강원도 영월군 동강에 있는 못.

매미

지은 지 삼십년이 된 낡은 아파트지만 잘 자란 나무와 풀밭이 있어서 지낼 만하다. 나는 아침마다 그 풀밭에서 체조를 하고 아이들이 타고 노는 뺑뺑이틀에 매달려 "야, 신난다, 야, 신난다!" 하면서 웃는다.

가끔 벚나무 우듬지에 매달려 우는 매미의 노래를 듣는 재미도 있지만, 살그머니 다가가서 잡으려고 하면 매미는 울음을 뚝 그치고 화들짝 날아간다. 유리에 비단 무늬가 새겨진 투명한 날개를 파닥거리며.

젊은 매미다. 늙은 매미는 울지도 못하고 매미채 없는 아이들 손에도 잘 잡힌다. 어떤 아이는 그렇게 잡은 매미를 그물통에 넣어 들고 다닌다. 예전에는 거리에서 소리 지르는 학생들을 경찰이 잡아 닭장차에 신고 갔었지.

매미는 시인이다. 불과 칠일밖에 살지 못하는 생명의 향연을 위해 칠년 동안이나 땅속에 갇혀서 지낸다. 아이들이 매미의 그런 운명을 알았다면 죄 없는 그들을 잡아 통에 넣고 다니진 않았을 것을⋯⋯

매미는 슬프다!

애가

그 처절했던 전쟁의 불길이 잠시 멈추고
남쪽으로 피란 갔던 사람들이 다시
서울로 돌아오던 날,
부산역 승강장 수많은 인파 속에서
너를 언뜻 먼발치로 보았건만
손수건을 흔들면서 부를 사이도 없이
너는 떠났다, 기적 소리와 함께.

순옥아, 너 지금 어디 있느냐?

그동안 육십년 세월이 지나갔다.
목화 송이같이 뽀유스름한 얼굴에
구름처럼 휘날리던 검은 머리카락,
너는 해방 이듬해에 내 고향 철원에서
피란민들 틈에 끼여 나와 함께 월남한
열네살짜리 소녀였다.

생각나니, 1950년 6월 25일
북한 인민군이 남쪽으로 쳐내려왔을 때
우리는 용산역에서 피란열차를 타고
저 남쪽에 있는 항구도시 부산으로 내려갔었지.

거기서 나는 부두 노동을 하고
나보다 한살 위인 너는
세라복을 입고 여학교를 다녔다.
그 무렵 네가 나에게 김소월 시집을 빌려주며
너는 이담에 커서 시인이 되라고 한 말,
나는 지금도 잊지 않고 있다.

그후 나는 서울로 돌아와
네가 살고 있음직한 충무로와 을지로,
종로와 명동 거리를 샅샅이 누비고 다녔으나
너는 끝내 내 앞에 나타나지 않았다.
지금은 그 고운 얼굴에 주름이 지고
검은 머리도 하얗게 바랬을 테지만
내 눈에는 아직도 애젊은 네 모습만 보인다.

순옥아, 너 지금 어디서
무엇을 하며 살고 있느냐?
새벽종이 울 때마다 보고 싶었다!

大雪의 詩

온 세상에 함박눈이 쏟아지던 날
저 건너 용마산 꼭대기에도
하얀 눈이 쌓였다. 그 모습이 마치
산 위에 하늘못이 있는 장백산 같다.

지금으로부터 칠십년 전에
일본놈 순사한테 두들겨 맞고
말없이 흐느껴 울던 불쌍한 아버지가
지금도 그 산 밑에 유연히 흐르는
해란강 언덕 위에 누워 있다.

북녘에서 불어오는 시베리아 바람이
하늘 높이 눈송이를 말아올리자
그 땅에서 잠든 흰옷 입은 사람들이
한꺼번에 일어나 두 팔 높이 들고
"조선 독립 만세!"를 불렀다.

이제 대설이 지나면 섣달그믐,
파랗게 얼어붙은 하늘에
기러기들이 편대 비행을 하며
남쪽으로 날아가고,

저 멀리 아득한 지평선 너머에서
붉은 해가 불끈 솟아오를 것이다.

꿈

밤이면 나무들이
소리 없이 자라는 것이 보인다.
육신의 눈에는 안 보이지만
고요히 감은 영혼의 눈에
봉오리 맺힌 꽃들도 보이는 것 같다.

철조망으로 가로막힌 일만 이천 봉,
밤이면 그 모습도 보이는 것 같다.
깊고 푸른 산골짜기에
하늘빛 도라지꽃을 안아 키우고
가난하지만 순박한 나무꾼들을
그 땅에 모아들여 살게 만든 풍악산.

밤이면 단풍나무 잎 흔드는 바람 소리로
의지할 곳 없이 헤매는 나를 부르던
고향 마을의 등불도 보이는 것 같다.

창밖으로 동부 간선도로를 바라보며

차는 끊임없이
남쪽에서 북쪽으로 달려가고 있건만
나는 더이상 갈 곳이 없다.
저 차를 타고 신나게 달려가도
가로막힌 군사분계선 근처가 고작일 텐데,
아무것도 없는 불타버린 집터와
굶주린 검독수리만 내려앉는 그 땅에
나는 무엇하러 가야 한단 말이냐!
버들피리 불며 불며 노래 부르던
내 유년의 그리운 고향은
날이 갈수록 삭막해지고 있는데,
이처럼 어정쩡한 모습으로 나는 왜
그곳으로 찾아가야 한단 말이냐.
차는 꼬리를 물고 달려가고 있건만
내가 찾아가야 할 유년의 보금자리는
어디 있단 말이냐, 목이 메인다.

고속도로 위에서

어디로 가고 있느냐
새벽부터 밤중까지 바퀴에 불을 달고
정처 없이 달려가는 떠돌이의 무리들,
어디로 가고 있단 말이냐?

이 나라 이 도시의 어느 항구에
그들이 머물 안식처가 있단 말이냐,
미구에 다가올 비극의 얼굴도 모르면서
풍악을 울리며 아스팔트의 바다를
표류하는 광란의 에뜨랑제.

사람의 길은 끝이 있는 법인데
이처럼 정신없이 무작정 달려가서
무엇을 얻으려고 하느냐?
별안간 전조등 앞에 나타난 안개의 벽,
기적을 울리며 닻 내릴 틈도 없이
육박하는 그것, 슬픈 처용!

우리는 우리가 가는 길을 모릅니다,
님이시여.

달에 관한 명상

정월 대보름날,
밤하늘에 떠오른 영롱한 달에
쇠똥 같은 인간의 신발 자국이
찍혀 있는 사진을 보니 기가 막혔다.

수백만 볼트의 자기를 지닌
우주의 바람 magnetic storm이여,
날려버려라, 저 오만한
인간의 때가 묻은 똥덩어리를
우주 바깥으로 몰아내어
다시는 돌아오지 못할 미아로 만들어버려라.

달아 달아 밝은 달아
이태백이 놀던 달아,
강물에 빠진 달을 건지려다 죽은
시인은 지금 어느 곳에 누워 있느냐?

이카로스의 귀환

저 멀리 울창한 나무숲에는 서리가 내리고
창세의 날처럼 검은 하늘은 맑게 개어 별이 빛난다.
끝없이 펼쳐진 아르카디아 평원은
목동의 피리 소리도 없이 조용하고
올림포스의 산들은 뚜렷이 그림자를 드러냈다.
소리 없이 숨은 깊은 계곡에서는 이따금
얼음장 깨지는 소리가 들린다.

지극히 높은 곳에 계신 분이여,
제 날개의 밀랍이 다 녹을 때까지
얼마를 더 날아가야 당신의 신전 앞에 다다를 수 있습니까?
나는 가난하고 어리석지만
타인의 식탁 앞에서 군침을 흘리며
접시에 놓인 빵을 훔칠 만큼 무모하지는 않습니다.
부디 당신의 정원 앞에서 지친 날개를 쉬게 하시고
밝아오는 새 아침에 비상할 수 있도록 도와주십시오.

여명

새벽이 오고 있다.
어둠을 몰아내기 위해 켠 등불이
유언도 없이 사라지자
이 땅에 잠시 침묵의 시간이 깃든다.

한밤의 어둠속에서 날아다니던
박쥐와 날벌레들이 자취를 감추고,
도시의 골목길에서 소경들이 부는
피리 소리가 구슬프게 들려온다.

이제 밤이 끝났다는 신호일까?
나무숲에서 눈뜬 새들이
날개를 퍼덕이며 거리로 내려오고
사원의 종소리가 잠든 영혼을 흔들어 깨운다.

자, 우리 모두 두 팔 높이 들고
눈부신 여명을 맞이하기 위해
산으로 올라가자.
새파란 오존 향기가
무리 지어 흐르는 우리들의 본향으로!

북명의 바다[*]

1

어젯밤 선창가 주막에서
늦도록 술을 마시다가
예쁠 것도 없는 철 지난 작부의
손에 이끌려 뭇 사내들 살비린내 나는 방에서
팔을 베고 누워 잠이 들었다.

시간이 얼마나 지났을까?
불현듯이 목이 말라 일어나보니
옆에 있던 계집은 어디론가 사라지고,
어두컴컴한 새벽하늘에서
은전 같은 별들이 반짝이고 있었다.

자, 출항이다, 닻을 올려라!
잠에서 깬 어부들의 외침이 들려오자
붉은 해가 수평선에서 불끈 솟아올랐다.

2

우리가 가려는 곳은 마카오도 아니고
자카르타도 아니다. 검은 안개 하얀 눈,
거대한 얼음덩어리가 떠다니는
북명의 바다다. 성난 바다표범은
유빙 위에 앉아서 달을 보며 울부짖고,
거대한 혹등고래가 파도를 가르며
헤엄치는 곳. 배고픈 북극곰들이
얼음 위에 구멍을 뚫고 먹이를 찾는다.

하늘을 떼지어 날아다니는 갈매기들아,
비록 물고기를 많이 잡아 뱃구레를 채우진 못했으나
오로라가 흐느끼는 이 극한의 바다 위에서
머물 곳 없이 유랑하는 어부들에게
편히 쉴 곳을 점지해다오.
우리 모두 끊임없이 요동치는 바다의 요람 위에서
해조음을 들으며 잠들고자 하노니……

* 『장자』의 「소요유」에 나오는 "北冥有魚 其名爲鯤"에서 따온 것.

베수비오 화산에서
반복

이런 곳에서 당신을 만날 줄은 몰랐소, 하드리안.
하드리안, 이런 곳에서 당신을 만날 줄은 몰랐소.

여기는 플루토의 나라의 입구, 하드리안.
하드리안, 여기는 플루토의 나라의 입구.

갈라진 돌틈으로 지열 뿜어오르고, 하드리안.
하드리안, 갈라진 돌틈으로 지열 뿜어오르고.

안개 속에 엿보이는 저승의 풍경, 하드리안.
하드리안, 안개 속에 엿보이는 저승의 풍경.

이 만남 끝나면 어디서 또 만나리, 하드리안.
하드리안, 이 만남 끝나면 어디서 또 만나리.

비는 왜 이렇게 억수로 쏟아지는지, 하드리안.
하드리안, 비는 왜 이렇게 억수로 쏟아지는지.

영원에서 맞부딪치는 순간의 불꽃, 하드리안.
하드리안, 영원에서 맞부딪치는 순간의 불꽃.

의지할 곳 없이 떠도는 사랑스런 영혼이여, 하드리안.
하드리안, 의지할 곳 없이 떠도는 사랑스런 영혼이여!

1946년 봄 만주 화룡역에서*

눈이 내린다.
장백산에서 불어오는 차디찬 바람이
화룡 평야 넓은 들판에 아우성을 울리며
눈이 내린다.

부흥촌과 개산골 간척민 부락을 지나
국경으로 가는 기차를 타려고
여기까지 왔으나, 화룡에서 용정을 지나
도문으로 가는 차는 조금 전에
기적 소리를 울리며 떠난 뒤였다.

─ 이제 어디로 가야 하지?

휑뎅그렁한 대합실에는
낯선 중국 여자가 난로 옆에서
발을 구르며 서 있었고,
하루에 한번밖에 오지 않는 기차는
하루가 지나야 올 것이므로
이 을씨년스러운 역사 안에서
하염없이 기다리고 있는 것도 무모한 노릇,
다시 걸어서 마을로 돌아가야 하나?

화룡에는 지금 누가 살고 있나,
내 어린 시절의 보금자리였던
이곳으로 날 데려온 아버지는
지난해에 돌아가시고, 쉰이 넘은
어머니가 혼자 창밖을 내다보고 계실 것이다.

휘몰아치는 설한풍에 굽은 소나무와
사시나무 떨듯 흔들리는 가로수를 지나서
얼마를 가야 집에 닿을 것이며,
아버지가 생전에 말씀하시던
내 고향 철원에는 언제 갈 수 있단 말이냐!
가슴이 답답하고 어지럽기만 하다.

* 화룡은 옛 만주국 간도성에 있는 소도시. 내가 어렸을 때 부모와 함께 가서
  살던 곳이다.

1946년 여름 두만강에서

남평역*에서 이삿짐 실은 트럭을 타고
두만강 기슭까지 달려오자
눈앞에 우뚝 솟은 벼랑이 나타났다.

절벽 위 큰길에서는
소련군 병사들이 어깨에 총을 메고
군가를 부르며 어디론가 가고 있는데,
대장처럼 보이는 젊은 장교가
입에 문 담배를 탁! 뱉어버리고
손을 들었다.

우렁찬 노랫소리가 대번에 멎자
그들은 우리를 향해 뭐라고 지껄이며 손짓을 했다.
흰옷 입은 조선 사람을 처음 보는 건 아닐 텐데
로스께들은 "까레이스끼, 까레이스끼……"
손가락질을 하며 너털웃음을 웃었다.

여기가 과연 우리 땅이냐?
뗏목을 타고 두만강을 건너왔지만
우리는 아무래도 잘못 온 것만 같아
저 멀리 언덕 위에 서 있는

조선인민군 초소를 멍하니 쳐다보았다.

* 남평역은 화룡에서 남쪽 십리 바깥에 있는 역참. 두만강 건너 조선으로 가
  는 귀향민들은 이곳에서 트럭을 타고 달려갔다. 감시가 심한 중국 관헌들
  의 눈을 피하기 위해서였다.

겨울 들판에서

벌써 저
시끄럽게 떠드는 바깥세상에
나가지 않은 지도 석달이 지났다.

매서운 설한풍에 나뭇잎은 시들어
속절없이 떨어져서 땅 위에 눕고,
언제까지 그래야만 하는지
깊은 정적 속에 휩싸인 들판은
날이 갈수록 삭막해지고 있다.

이제 어디로 가서
누구를 만나야 할 것인가?

이 땅을 다녀간 수많은 순례자들은
모두 흔적도 없이 사라지고,
예리한 얼음으로 뒤덮인 강물을 바라보며
어느 꽃 피는 계절을 꿈꾸어야 할지
아득하기만 하다.

미
간
시
편

2013
이후

분꽃

해 질 무렵
장독대 옆 화단에 분꽃이 피면
이남박 들고 우물로 가던
그 여인이 보입니다.

육십년 전에
전쟁터로 끌려가서 돌아올 줄 모르는
서방님을 기다리다
파삭하게 늙어버린 우리 형수님!

세월이 하 무정하여 눈물납니다.

별사

십일월에는
길바닥에 떨어진 낙엽들이
아얏! 소리를 내며 흐느껴 운다.

담배 한대 피워 물고
세월의 다리 위를 걸어가는 내 발밑에서도
이 가을에 버림받은 가랑잎들이
애원하듯 바스락거리며 나를 부른다.

제 앞을 말없이 지나가지 마세요.
나는 속절없이 부서지는 몸이지만
노래라도 한곡조 불러주고 가세요,
드리고의 세레나데를……

惜春*

나도 이제는 늙었나보다
이 정도 추위에도 신열이 나서
몸을 구부리고 웅숭그리고 있으니.

저 장평교 둑방길에는
진달래꽃 피기 전에 제비꽃 피고,
나이 든 계집아이 젖꼭지 같은
망울진 동백꽃이 웃고 있는데,

몸 아파도 이제는 누워 있지 말고
이 봄에 피는 벚꽃만은 보고 가야지,
어디서 솔잣새가 날아가며 운다.

* 가는 봄이 아쉽다는 뜻.

봄이 오면

이제
모진 겨울바람 다 가시고
산에 들에 냇가에 산수유꽃 피었으니,
흐르는 강물에 배를 띄우듯
어디론가 가야겠구나 휘파람을 불면서.

재양친 옥양목 두루마기 한벌
가붓하게 차려입고
흰 구름 뜬 하늘을 쳐다보면서
하염없이 떠나야겠구나
두고 온 고향으로!

바람 부는 날 영등포 역전에서

바람 끝이 매서운 이른 봄날
영등포역에서 기차를 내려
한강 성심병원을 찾아가는 날.

대합실 바깥 외진 구석에
대낮인데도 손 놓고 누워 있는
쫓겨난 인생들을 바라보니,

오늘은 여기까지 왔으나
내일은 어디로 가야 하나?
대책 없이 째깍거리는 시계탑을 쳐다보니

부끄러워지는구나, 밥 한끼
담요 한장 되어주지 못하는
詩를 쓴다는 것이!

가을 아침에

이른 아침부터
유리창 밖으로 내다보이는
단풍나무 숲에서 귀뚜라미가 운다.

이제 얼마 남지 않았노라고,
마약같이 어지러운 여름은 가고
낙엽 지는 가을이 돌아왔다고.

그때 파랗게 날 선 하늘 위에서
무슨 소리가 들려왔다,
너 지금 어디로 가려 하느냐?

이 땅에서 태어난 자는
때가 되면 어김없이 흙으로 돌아가리니
꿈꾸는 자여, 길은 멀고 아득한데
어디로 가려 하느냐, 너 지금!

편지 한장

목련꽃 필 무렵이면
온다고 했지.

목련꽃 진 후에도
오지를 않고

개살구꽃만 산기슭에
붉게 피었네.

산에는 뻐꾹새
애타게 울고

봄날은 속절없이
가고 있건만

목련꽃 피면
온다던 사람

너 없어도 잘 살고 있어야!
편지 한장 없네.

이 봄에

이 만신창이가 된 국토에

또 누가 쇠말뚝을 박으려고 하느냐

똥 묻은 개발로!

---

* 2008년 대운하 반대와 생명의 강을 모시기 위한 시인 203인의 특별 공동시
집 『그냥 놔두라』에 기고한 시.

헤이리에서

蘭을 보려고

온 것이 아니다

산을 보려고 왔다.

蘭을 그리고 떠난

시인은 간 곳이 없고,

봄안개 낀 산숲에서

새들이 기다리고 있다.

'바람의 길'이 그곳이더냐?

대평원

말한마리가일직선으로달려가고있다

산타페로가는길이다애리조나사막의

기차다기차다기차다기차다기차다…!

역사와 존재의 근원에 대한 서정적 탐구

유성호

1

민영 선생은 1959년 서정주 추천으로 『현대문학』을 통해 등단한 후 지금까지 60년 가까운 시력(詩歷)을 쌓아왔다. 강원도 철원에서 태어난 선생은 어릴 적 만주 화룡현으로 옮겨가 명신소학교 5학년까지 다녔고, 해방 후에는 여러 객지를 떠돌면서 신산한 삶을 이어왔다. 그렇기 때문에 선생에게는 고향에 안착하여 살아온 이미지나 안정된 생활을 누린 이미지가 거의 보이지 않는다. 그래서 선생은 지속적으로 고향에 대한 그리움을 통해 삶의 고단함을 드러내는 역상(逆像)을 만들어왔고, 사람이 마땅히 회복해야 할 본원적 가치를 노래하는 순간에조차 고향에 대한 실물 감각을 통해 그것을 수행해왔다. 이렇듯 고향에서 철저하게 발원하고 귀일하는 선생의 시편은 순정하고도 깨끗한 마음을 바탕으로 하면서 험난하게 살아왔던 우리 근대인의 속살을 재현하는 세

계를 펼쳐왔다. 그 구체적 결실이 『斷章』(1972), 『용인 지나는 길
에』(1977), 『냉이를 캐며』(1983), 『엉겅퀴꽃』(1987), 『바람 부는 날』
(1991), 『流沙를 바라보며』(1996), 『해 지기 전의 사랑』(2001), 『방
울새에게』(2007), 『새벽에 눈을 뜨면 가야 할 곳이 있다』(2013) 등
으로 이어져온바, 이러한 이력을 통해 선생은 우리 역사와 인간
존재의 근원에 대한 밀도 있는 서정적 탐구를 일관되게 보여주
었다.

2

민영 시편은 고향에서 비롯하여, 오래전 멈추어버린 고향의 시
간을 향하면서, 목숨 있는 모든 존재자들에 대한 연민 어린 기억
들을 형상화해왔다. 일찍이 서정주는 민영을 추천하는 자리에서
"정서의 중량은 실한 작품"이라고 하였는데, 그 '실한' 정서의 중
량이 고향에서 발원하여 고향으로 깃들려는 그의 시세계에 고
스란히 얹혀 있었던 것이다. 이처럼 그의 시편은 '생래적 슬픔'을
담은 세계였고, 삶에 대한 견고하고 단아한 관조와 표현으로 서
정성을 제고해온 세계였다. 그렇게 시인은 자연 속에서도 시간의
흔적을 읽어내고, 그 안에서 우리 역사와 존재의 근원을 상상해
왔다.

또한 그의 시편은 형식상으로는 간결한 서정 양식을 취하면서,
내용상으로는 맵찬 세월을 지나온 이의 견결한 시정신을 담고
있다. 일찍이 가장 절친했던 박재삼이 그의 시세계를 두고 "연약
한 정감과 함께 맵고도 처절한 비유"가 특징이라 하였고, 김상옥

이 "민영은 근엄하리만큼 시를 아끼는 사람"이라 말하였으며, 신경림이 우리 시단에서 절차탁마의 표본으로 늘 민영 시편을 꼽은 것처럼, 시인은 자신의 시어를 오래도록 다듬어 투명한 형식과 강인한 내용을 하나하나 완성해낸 것이다. 우리는 이러한 형식과 내용 속에서 그의 일관된 역사의식과 윤리적 염결성을 느끼게 된다.

저 산벚꽃 핀 등성이에
지친 몸을 쉴까.
두고 온 고향 생각에
고개 젓는다.

到彼岸寺에 무리지던
연분홍빛 꽃너울.
먹어도 허기지던
三春 한나절.

뱀에 역겨운
可口可樂 물 냄새.
구국 구국 울어대는
멧비둘기 소리.

산벚꽃 진 등성이에
뼈를 묻을까.
소태같이 쓴 입술에

풀잎 씹힌다.

──「용인 지나는 길에」 전문

　시인은 "구국 구국 울어대는/멧비둘기 소리"를 통해 제국주의
의 폭력에 침탈당했던 국토의 비애와 "두고 온 고향 생각"을 동
시에 노래하고 있다. "산벚꽃 핀 등성이"에 "지친 몸"을 쉬려 생
각하니 문득 드는 고향 생각에 고개를 젓는다. "연분홍빛 꽃너울"
은 그 옛날 "먹어도/허기지던 三春 한나절"을 순간적으로 소생시
키면서 "뱃에 역겨운/可口可樂 물 냄새"를 대비적으로 떠오르게
한다. 서양 침탈의 역사에서 우리 근대사를 읽으려는 시인의 의
식이 여기서 섬세하게 만져진다. 이때 '멧비둘기'의 소리는 마치
'구국(救國) 구국(救國)' 울어대는 것처럼 들리고, 화자는 그 "산벚
꽃 진 등성이"에 자신의 뼈를 묻을까 생각하게 된다. 이는 예부터
전해져오는 '살아 진천 죽어 용인(生居鎭川 死去龍仁)'이라는 말에
서 연상된 죽음의 상상력일 것이다. 결국 시인은 정지용이 「고향」
에서 "어린 시절에 불던 풀피리 소리 아니 나고/메마른 입술에
쓰디쓰다."라고 노래했듯이, "소태같이 쓴 입술에/풀잎 씹힌다."
라고 시를 매듭짓는다. 우리 산하 어디서나 쓴 입술로 씹히는 고
미(苦味)만이 가득하다는 것을 노래함으로써 우리 역사의 근원적
회복을 염원한 시편이라 할 것이다.

　　엉경퀴야 엉경퀴야
　　철원평야 엉경퀴야
　　난리통에 서방잃고
　　홀로사는 엉경퀴야

갈퀴손에 호미잡고
머리위에 수건쓰고
콩밭머리 주저앉아
부르느니 님의이름

엉겅퀴야 엉겅퀴야
한탄강변 엉겅퀴야
나를두고 어디갔소
쑥꾹소리 목이메네

—「엉겅퀴꽃」전문

　　시인의 대표작으로 꼽히는 이 시편은 내용과 가락 모두 "난리통에 서방잃고/홀로사는"한 맺힌 떼과부들의 슬픔과 살아남은 사람들의 눈물을 담고 있다. "갈퀴손에 호미"나 "머리위에 수건" 등이 전통적인 우리네 장삼이사들을 묘사하고 있고, "콩밭머리 주저앉아" 떠나간 사람의 이름을 불러보면서 "엉겅퀴야 엉겅퀴야/한탄강변 엉겅퀴야"를 다시 한번 목 놓아 부르는 모습 역시 우리 근대사의 경험적 세목을 정서적으로 환기하는 데 크게 기여한다. "쑥꾹소리 목이"메는 것을 강렬하게 느끼면서도 4·4조의 운율을 지키면서 마치 현장 노동요처럼 절제 있는 형식미를 지켜간 시편이 애잔하고 깊고 쓸쓸하고 융융하다. 이러한 성과를 통해 민영의 초기 시편은 삶의 신산함과 절절함을 서정적으로 완성했다고 할 수 있을 것이다.

3

이처럼 역사를 깊이 투시하고 거기서 서정성을 추구하던 민영 시편은 차차 존재 근원에 대한 깊은 성찰을 지향하고 표현해간 다. 중기 이후 그의 시편은 현실에서는 불가능하지만 가장 깊은 근원에서는 되찾아야 할 존재 전환의 가치를 노래해왔다. 그렇다 고 그의 언어가 비현실적 몽상으로 이루어져 있는 것은 아니다. 오히려 그의 시는 일상 현실을 벗어나 상상적 거소(居所)를 만들 어내면서도, 궁극적으로는 지상에 발을 딛고 살아가는 이들의 존 재 형식을 증언하는 쪽으로 한결같이 귀환하기 때문이다. 그래서 민영 시학의 제일 요소는 탁월한 구체성이 된다.

나무에
물오르는 것 보며
꽃 핀다
꽃 핀다 하는 사이에
어느덧 꽃은 피고,

가지에
바람 부는 것 보며
꽃 진다
꽃 진다 하는 사이에
어느덧 꽃은 졌네.

소용돌이치는 탁류의 세월이여!

이마 위에 흩어진
서리 묻은 머리카락 걷어올리며
걷어올리며 애태우는
이 새벽,

꽃 피는 것 애달파라.
꽃 지는 것 애달파라!

―「바람 부는 날」 전문

　바람 부는 날에 화자는 자신이 살아온 시간 혹은 우리 역사의 흐름을 "소용돌이치는 탁류의 세월"이라고 일갈한다. 나무에 물이 오를 때 꽃이 피는 듯하다가 곧 이울어간 것처럼, 나뭇가지에 바람이 불 때 꽃이 지는 듯하다가 곧 다시 피는 흐름으로 바뀐 것처럼, "탁류의 세월"은 간단없이 소용돌이치며 여기까지 와 있었던 것이다. 화자는 새벽에 일어나 그 세월이 허락한 흰머리를 쓸어 올리면서, 꽃이 피고 지는 자연의 원리를 애태워한다. 피어난 꽃도 곧 지고, 진 꽃도 곧 피어나기 때문이다. 마찬가지로 새벽도 밤이 되고, 그렇게 세월은 흘러갈 것이기 때문이다. 삶에 대한 근본적 쓸쓸함을 담고 있는 이 시편의 제목으로 쓴 '바람'의 속성 역시 삶의 유동성과 궁극적 소멸의 속성을 함축적으로 환유하고 있다. 민영 시편은 이렇게 삶의 보편적이고 절실한 의의를 환기하면서, 그 결과 어떤 정신적 고처(高處)를 상상적으로 마련하여 우리에게 암시한다.

내 마음속의
푸른 연꽃은 시들고
검게 탄 줄거리와 구멍 뚫린
씨주머니만 남았습니다.

저 당홍빛 구름 위에
오롯이 자리하신 부처님,

이 몸이 떠나야 할
流沙의 끝 보리수나무 그늘은
아직도 멀었습니까?

소리개 한마리
허공을 맴돕니다.

—「流沙를 바라보며」전문

  화자는 자신의 마음속에 피어 있던 "푸른 연꽃은 시들고" 자신
은 이제 남루한 외관을 걸치고 있다고 고백한다. "검게 탄 줄거
리"나 "구멍 뚫린/씨주머니"는 아마도 오랜 세월 마모되고 소진
되어온 자신의 육체적 시간을 환기하는 동시에, 척박한 시간을
통과해온 정신적 피로감을 표상하는 듯하다. 그 순간 화자는 "저
당홍빛 구름 위에/오롯이 자리하신 부처님"을 떠올리면서 '줄거
리만 남은 몸'이 떠나야 할 "流沙의 끝 보리수나무 그늘"을 열망
하게 된다. 그 멀고 먼 자리는, 소리개 한마리가 허공을 맴돌듯,

아직 가까워오지 않은 동시에 이미 와 있는 것이기도 하다. 여기
서 '유사(流沙)'란 사전상의 의미로는 "바람이나 흐르는 물에 의
하여 흘러내리는 모래 혹은 물에 포화되어 유동하기 쉬운 모래"
를 뜻하는데, 오랜 세월의 흐름을 은유하는 표상이라 할 것이다.
이처럼 민영 중기 시편은 정신적 맵참과 단아한 형식, 그리고 그
안에 깃든 가장 근원적이고 궁극적인 것에 대한 실존적·역사적
갈망을 담고 있다 할 것이다.

4

　민영 후기 시편은 시간의 흔적을 바라보는 데 집중되어 있다.
그 안에는 시간의 풍화 속에 스러져갈지도 모르는 생명들을 아름
답게 기억하려는 열망과 자연에 대한 차분한 관조와 연민을 통한
순간적 초월 의지가 있다. 그 점에서 민영 시편은 우리 시대가 필
요로 하는, 우리가 취해야 할 역진(逆進)의 태도를 선명하게 보여
주는 사례로 다가온다. 예리한 역사의식과 근원에 대한 깊은 감
각이 그 안에 가득 담겨 있기 때문이다. 그렇게 민영 시편은 서정
의 원리에 충실한 기억의 산물인 동시에, 자연 사물을 통한 오랜
세월의 축적을 드러내는 '시간의 축도(縮圖)'이기도 하다.

　　해 지기 전에
　　나 그대 보고 싶으면
　　산수유꽃 한 가지
　　귓등에 꽂고 찾아가리.

그대의 집 창문에는
황혼의 불빛 어른거리고
파도의 거친 숨결이
조약돌을 굴리리.

해 지기 전에
나 그대 마음에 떠오르면
패랭이꽃 한무더기
가슴에 안고 찾아가리.

그대와 나 사이에
모래톱이 솟을지라도
즈믄해의 사랑 그 꽃잎에
입술 대이려 찾아가리.

　　　　　　　　　　　—「해 지기 전의 사랑」 전문

　해가 지는 일몰의 은유는 삶의 노경(老境)을 일차적으로 환기
한다. 시인은 "해 지기 전"에 '그대'를 찾아나서면서 그 상관물로
여전히 "산수유꽃 한 가지/귓등에 꽂고" "패랭이꽃 한무더기/가
슴에 안고" 찾아가겠다고 한다. 그렇게 "그대와 나 사이"에 심연
처럼 놓인 시간을 역류하여 시인은 "즈믄해의 사랑 그 꽃잎"에 입
술을 대려고 그대를 찾아가는 것이다. 이러한 서정의 극점으로서
의 '사랑'의 시학은 민영 후기 시편의 중요한 축으로 나타나고 있
다. 말할 것도 없이, 이러한 사랑의 열망은 민영 시인에게 호환할

수 없는 '시(詩)'를 통해 완성되어간다.

> 며칠 전에는 이 강물에
> 수백마리의 물고기가 몰려와서
> 물장구치며 놀다 돌아갔습니다.
>
> 또 며칠 전에는
> 여러마리의 황새가 날아와
> 물속에서 헤엄치는 피라미들을
> 쪼아 먹고 날아갔습니다.
>
> 강에서는 날마다
> 이런 일이 벌어집니다.
>
> 하지만 님이시여,
> 이것이 우리들의 살아가는 모습입니다
> 너무 꾸짖거나 나무라지 말아주십시오.
>
> ──「강가에서」 전문

시인이 "며칠 전"이라고 두번이나 반복했지만, 사실은 아주 오래전부터 강물에서는 물고기가 몰려와 물장구를 쳤을 것이고, 황새들은 강물 속에서 피라미들을 쪼아 먹고 살았을 것이다. 어떻게 보면 한가로운 유희이고, 어떻게 보면 긴장된 살육으로 보이는 이러한 자연의 풍경은 날마다 벌어지는 일들일 것이다. 여기서 시인은 '님'이라는 초월적 존재를 초청해 들인다. 그에게 "이

것이 우리들의 살아가는 모습"이라면서 "너무 꾸짖거나 나무라지 말아"달라고 간청하고 있는 것이다. 시인은 '님'에게 우리들 살아가는 모습의 순리(順理)를 고백하면서, 이러한 삶의 모습이 오랜 시간 축적되어왔던 것이고 앞으로도 이어져야 할 것임을 고백하고 있다. 하지만, 우리가 잘 알듯이, 강가에는 지금 물고기와 황새와 피라미들이 없어져가고 있다. 그래서 이 시편의 배면(背面)에는, 물고기들의 물장구와 황새들의 흔적이 회복되기를 열망하는 시인의 간절한 마음이 숨겨져 있다고 읽을 수 있을 것이다.

평생을 마친 다음,
그 손바닥 위에
몇줄의 詩가 남는다면
그것으로 족하다는 시인이 있다.

오늘,
서리 내린 들에는 가을이 지고
겨울은 분합을 열어
소복으로 내리는데,

잠 못 이룬 한밤낼 나는
피가 식어 티끌 진 뒤 남을
몇줄의 詩를 생각는다.

혼란히 꽃 진 빈 뜨락을
焚焚 불 밝힌

순금의 燈!

—「국화」 전문

이 작품은 '시'를 대하는 시인의 근원적 자세를 노래한 일종의
메타 시편이라고 할 수 있다. 자신의 생애가 다한 후 "손바닥 위"
에 남을 "몇줄의 詩"를 상상하는 시인의 이야기는 사실 민영 자신
의 것이기도 하기 때문이다. 이 시편의 화자 또한 서리 내리는 가
을이나 소복처럼 눈 내리는 겨울밤에 잠 못 이루면서 "피가 식어
티끌 진 뒤 남을/몇줄의 詩"를 생각해왔다. 그 "몇줄의 詩"야말로
"혼란히 꽃 진 빈 뜨락을/燊燊 불 밝힌/순금의 燈"으로 거듭나 우
리 생을 밝히고 따듯하게 할 것이다. 이때 "燊燊"은 어둑한 세상
을 밝히는 빛의 속성을, "순금"은 견고하고 항구적이고 가치 있는
언어의 속성을 각각 은유한다. 그렇게 민영 시인은 자신의 시가,
생애를 다한 후 남을 빛나는 순금이기를 소망한다. 아마도 그에
게는 오래도록 언어를 갈고 다듬는 일이 이러한 연금술의 영역과
비유적으로 관련되는 것일 터이다.

눈이 내린다.
장백산에서 불어오는 차디찬 바람이
화룡 평야 넓은 들판에 아우성을 울리며
눈이 내린다.

부흥촌과 개산골 간척민 부락을 지나
국경으로 가는 기차를 타려고
여기까지 왔으나, 화룡에서 용정을 지나

도문으로 가는 차는 조금 전에
기적 소리를 울리며 떠난 뒤였다.

―― 이제 어디로 가야 하지?

횅뎅그렁한 대합실에는
낯선 중국 여자가 난로 옆에서
발을 구르며 서 있었고,
하루에 한번밖에 오지 않는 기차는
하루가 지나야 올 것이므로
이 을씨년스러운 역사 안에서
하염없이 기다리고 있는 것도 무모한 노릇,
다시 걸어서 마을로 돌아가야 하나?

화룡에는 지금 누가 살고 있나,
내 어린 시절의 보금자리였던
이곳으로 날 데려온 아버지는
지난해에 돌아가시고, 쉰이 넘은
어머니가 혼자 창밖을 내다보고 계실 것이다.

휘몰아치는 설한풍에 굽은 소나무와
사시나무 떨듯 흔들리는 가로수를 지나서
얼마를 가야 집에 닿을 것이며,
아버지가 생전에 말씀하시던
내 고향 철원에는 언제 갈 수 있단 말이냐!

가슴이 답답하고 어지럽기만 하다.
　　　　　　　　　　　　　　　　　　　—「1946년 봄 만주 화룡역에서」 전문

　　후기작인 이 작품에서 시인은 다시 한번 고향에 돌아가는 것
이 한편으로는 불가능하고 한편으로는 불가피함을 노래한다. 화
룡은 옛 만주국에 있는 소도시로, 시인이 어릴 적에 잠시 살던 곳
이다. 그러니 화룡은 시인에게 고향을 부단히 환기하는 존재론적
기원으로서의 역할을 한다. "화룡 평야 넓은 들판"에는 눈이 내
리고 "화룡에서 용정을 지나/도문으로 가는 (기)차"는 떠나버렸
는데, 이때 "— 이제 어디로 가야 하지?"라는 독립된 연으로 처
리된 독백이 바로 민영 시학의 유동성과 고향 지향성을 한꺼번에
알려준다. 을씨년스러운 역사(驛舍/歷史)와 함께 시인의 회감(回
感) 속에는 "아버지는/지난해에 돌아가시고, 쉰이 넘은/어머니가
혼자 창밖을 내다보고 계실 것"을 상상함으로써 자신의 기원이
흩어지고 자신도 곧 소멸해갈 것 같은 예감이 담긴다. 말하자면
"얼마를 가야 집에 닿을 것이며,/아버지가 생전에 말씀하시던/내
고향 철원에는 언제 갈 수 있단 말이냐!"라는 탄식이 결국 고향으
로 돌아가고자 하는 시인의 불가피한 실존을 강하게 환기하는 것
이다. 이처럼 민영 시학의 원점과 귀착점은 한결같이 '고향'으로
향하고 있다고 할 수 있을 것이다.

　　5

　　민영 시편은 고향이라는 발생론에서 비롯하여, 오랫동안 홀

러온 세월을 응시하면서, 목숨 있는 모든 존재자들에 대한 연민을 아름답게 형상화해왔다. 그 안에는 모질게 흘러온 역사를 비판적으로 사유하면서 동시에 그리워하는 한편 근원적이고 궁극적인 가치를 지향하는 시인의 올곧은 마음이 지속적으로 담겨 있다. 그리고 역사와 존재 근원에 대한 깊은 성찰의 언어가 내비치고 있다. 이러한 역사의식과 근원에 대한 감각이 민영 시편을 견고하고 균질적인 서정시의 정점으로 기억하게끔 하는 실질이 되는 것이다. 이렇게 민영 시편은 삶에 대한 단아하고도 견결한 관조와 표현으로 우리 시대의 모든 이들에게 공감을 주고 있다. 그래서 우리는 이러한 그의 시세계가 견고한 심미성과 정결한 역사의식을 결속한 사례로 우리 시사(詩史)에 오래도록 남을 것임을 예감하게 되는 것이다.

柳成浩 | 문학평론가·한양대 국문과 교수

1934년   9월 6일 강원도 철원군 철원읍 월하리 10번지에서 아버지 민준식(閔峻植)과 어머니 나창훈(羅昌勳) 사이에서 외아들로 태어났다. 본명은 병하(丙夏).

1936년 3세   아버지가 우리 모자를 고향에 두고 만주로 떠나셨다. 아버지는 1920년대에 서울에서 신학문을 공부한 신청년이었으나, 일본 제국주의자들의 침탈로 그때까지 경영하던 사업을 그만두고 새로운 생활 터전을 찾아서 만주로 가셨다고 한다.

1937년 4세   어머니에게 한문을 배웠다. 만주로 간 아버지한테서 가끔 안부 편지가 왔으나 거기 쓰인 한자를 모르겠으니 천자문(千字文)을 사달라고 졸랐다고 한다. 그해 가을에 아버지의 부름을 받고 기차를 타고 만주로 떠났다. 지금의 연변자치주 간도성 용정(龍井)이란 곳이다.

1939년 6세   그때까지 살던 용정에서 120리 떨어진 화룡(和龍)으로 이사했다. 화룡은 용정보다 멀고 외진 곳으로 백두산에서 가깝다. 김좌진 장군이 지휘하는 우리 독립군이 일본 군대와 싸워 승리를 거둔 청산리(靑山里) 전투의 현장에서 멀지 않은 곳이었다.

1940년 7세   화룡에 있는 명신(明新)소학교 1학년에 입학했다. 아버지와 어머니는 그 고장에 음식 파는 가게를 내어 생업으로 삼으셨다.

1945년 12세 8월 15일, 미국과의 전쟁에서 진 일본이 물러가자 북쪽 국
경을 넘어 소련의 '붉은 군대'가 화룡으로 들어왔다. 학교
는 문을 닫았으나 몇달 후에 이름을 신민(新民)소학교로 바
꾸고 문을 열었다. 이윽고 소련군이 물러가고 중국 군대가
들어와서 중국인보다 조선 사람이 많이 사는 이 고장에 정
치적 혼란이 거듭되었다.

1946년 13세 5월 아버지가 세상을 떠나셨다. 해방 후 갑작스러운 정세
변화에 고민하던 아버지는 그동안 화룡에서 이룬 사업을
접고 조선으로 돌아가려고 용정까지 가셨으나, 홧김에 마
신 술로 병이 나서 우리 모자만 남겨두고 돌아가신 것이다.
황망하게 일을 당한 어머니와 나는 아버지의 시신을 해란
강 기슭 묘지에 묻어드리고 황급히 두만강을 건너서 조선
으로 돌아왔다.

1947년 14세 함경북도 무산(茂山)에서 기차를 타고 청진(淸津)을 지나서
여러날 만에 고향으로 돌아왔으나, 모든 것을 만주에 두고
온 몸이라 우리 모자는 극심한 생활고에 시달리지 않을 수
없었다. 그럼에도 공부는 해야겠기에 어머니 손을 잡고 가
서 철원 제3인민학교 5학년생으로 편입했다. 조금 낯설긴
해도 학교생활은 참으로 재미있었다. 매사에 적극적인 나
를 선생님은 민청(民靑) 산하 소년단원으로 뽑아주셨고, 나
는 그 속에서 여러 친구들도 사귀고 노래와 웅변 등 과외활
동도 열심히 했다.

1948년 15세 그러나 어머니와 나는 귀국한 지 일년 만에 다시 고향을 떠
나지 않을 수 없었다. 인민공화국이라는 그곳도 가진 것 없
이 가난한 우리에게는 살기 힘든 곳이었다. 삼팔선을 넘어

서 서울로 왔다. 임시로 중구 저동에 있는 어머니의 친척집에 짐을 풀고, 어머니와 함께 남대문시장에 가시 서양 물건을 사다가 명동에서 장사를 했다. 소위 양키 물건 장사가 그것이다.

1949년 16세 서너달 후에 조금 여유가 생기자 거처를 성동구 약수동 피란민촌으로 옮겼다. 그리고 나는 남대문시장 어물가게의 점원으로 취직했다.

1950년 17세 어머니의 도움으로 신당동에 있는 숭실중학교 1학년으로 입학했다. 때늦은 공부였으나 신이 나서 공부에 열중했더니 담임인 이응호 선생이 나를 반장으로 지명하셨다. 후에 안 일이지만 이 선생님은 한글학회에 나가는 한글학자시란다. 그러나 얼마 후 6·25사변이 나서 내 학교 공부는 막을 내렸다. 12월 24일에 어머니와 함께 용산역에서 피란열차를 타고 부산으로 내려갔다.

1951년 18세 부산에서 부두노동과 신문 파는 일을 했다. 이렇게 고된 일을 하다가 우연히 알게 된 친구의 소개로 대한체신협회 인쇄부의 해판공으로 취직했다.

1952년 19세 부산시청 회의실에서 열리는 전시(戰時) 문예강좌를 청강했다. 강사는 평론가 조연현, 소설가 김동리, 시인 김용호, 소설가 최정희 등 이름난 작가들이었다. 전주에서 오신 미당(未堂) 서정주 선생도 여기서 처음 뵈었다. 몇달 후에 직장을 자유민보사 공무부로 옮겼는데, 거기서 시집 조판을 맡기러 오신 초정(草汀) 김상옥 선생을 만났다. 그분의 소개로 당시에는 이름이 덜 알려진 젊은 시인 박재삼과 천상병을 알게 되었다.

1953년 20세 자유민보사를 사직하고 대한교과서주식회사 공무국 직원
으로 입사했다. 추석 때 김상옥 선생의 고향인 경남 통영을
방문하고, 삼천포로 가서 박재삼 시인도 다시 만났다.

1954년 21세 그토록 격렬한 전쟁이 소강상태로 접어들자 회사를 따라서
서울로 돌아왔다. 회사가 종로구 효제동에 있기에 나는 퇴
근을 하면 명륜동에 있는 찻집으로 차를 마시러 다녔는데,
거기서 고향 친구 임영무의 소개로 성균관대학 학생문인인
시인 김여정과 강계순, 문학평론가 윤병로를 만났다.

1956년 23세 현대문학사 직원이 된 박재삼 시인의 소개로 시인 구자운과
이성교를 만났다. 또 서정주 선생을 마포구 공덕동에 있는
집으로 찾아뵈었다.

1957년 24세 교과서 철이면 찾아오는 고된 노동으로 건강이 나빠져서
고향으로 내려가 쉬다가 철원군 동송면의 호적서기가 되었
다. 7월에 시 「동원(童願)」이 서정주 선생의 추천으로 『현대
문학』에 실렸다.

1959년 26세 병세가 호전되어 서울로 올라왔는데 시 「죽어가는 이들에
게」가 『현대문학』 2월호에, 「석장(石場)에서」가 9월호에 추
천되어 문단에 이름이 올랐다.

1960년 27세 4·19 이후 젊은 작가들의 모임인 전후문학인협회에 가입했
다. 11월에 경기도 이천 처녀 한경재(韓敬才)와 결혼했다.

1961년 28세 8월 맏아들 현빈(玄賓)이 태어났다.

1964년 31세 4월 둘째 아들 경빈(景賓)이 태어났다.

1967년 34세 4월 맏딸 영빈(瑛嬪)이 태어났다. 오랫동안 다니던 대한교과
서주식회사를 사직하고 학원사(學園社) 편집사원으로 입사
했다. 백과사전부에서 원고 작성과 제작을 도왔다.

1968년 35세 주부생활부로 옮겨서 잡지사 기자가 되었다.

1971년 38세 불세출의 시인 천상병의 행방이 묘연해지자 문단 내에서 시집 한권 없는 이 시인을 위해 누가 책을 내줘야 하지 않겠느냐는 여론이 돌았다. 그래서 내가 시인 성춘복과 함께 여러 잡지에 발표된 그의 시를 모아서 시집『새』를 내는 일에 앞장섰다.

1972년 39세 첫 시집『단장(斷章)』이 유진문화사에서 나왔다.

1973년 40세 소설가 정인영과 함께 도서출판 창원사(創元社)를 창립했다.

1974년 41세 한때 서울에서 모습을 감춘 신경림 시인을 다시 만나 자유실천문인협의회 회원으로 가입했다.

1976년 43세 젊은 나이에 세상을 떠난 구자운 시인의 유고를 모아 창작과비평사에서 시집『벌거숭이 바다』를 내는 데 힘썼다.

1977년 44세 창원사를 그만두고 독서신문사 출판부장이 되었다. 8월에 두번째 시집『용인(龍仁) 지나는 길에』가 창작과비평사에서 나왔다.

1978년 45세 국민연합 서명 사건으로 청량리경찰서에 연행되었다.

1979년 46세 7월에 서울 워커힐에서 열린 제4차 세계시인대회에서 구속된 시인들의 석방을 요구하며 단독 시위에 나섰다. 이 사건으로 동부경찰서에 연행되어 사흘 만에 풀려나왔다. 10월에 출판대행 금란사(金蘭社)를 창립하여 독립했다.

1982년 49세 팔레스티나 작가인 가싼 카나파니의 소설『태양 속의 사람들』, 하림 바라카트의 소설『육일간』을 번역하여 '창비 제3세계 총서'로 간행했다.

1983년 50세 세번째 시집『냉이를 캐며』를 창원사에서 내고, 이 시집으로 제2회 문학평론가협회상을 받았다.

1984년 51세 신경림, 정희성, 하종오와 함께 민요연구회를 창립했다.

1985년 52세 8월에 일본에서 열린 국제펜대회에 참석했다. 9월에 어머니가 세상을 떠나(향년 92세) 용인 공원묘지에 묻어드렸다.

1987년 54세 네번째 시집 『엉겅퀴꽃』이 창작과비평사에서 나왔다. 가을에 자유실천문인협의회 부회장으로 추대되고, 곧이어 시분과 위원장이 되었다.

1988년 55세 재일교포 시인 허남기의 『화승총의 노래』를 동광출판사에서 번역 간행하고, 11월에 대만 여행을 떠나 그곳 문인들과 교류했다.

1989년 56세 민요연구회 회장이 되었다. 청소년을 위한 역사 설화집 『고구려 이야기』를 창비 아동문고 114호로 간행했다.

1990년 57세 최원식, 최두석과 함께 『한국현대대표시선』 1·2·3권을 격년으로 창작과비평사에서 간행했다. 5월에 미국으로 건너가서 애리조나 주의 인디언 거주 지역과 로스앤젤레스 등을 돌아보았다.

1991년 58세 다섯번째 시집 『바람 부는 날』을 한길사에서 내고, 이 시집으로 제6회 만해문학상을 수상했다. 수필집 『내 젊은 날의 사랑은』이 도서출판 나루에서 나왔다.

1992년 59세 십년 남짓 경영하던 금란사를 물려주고 전업작가의 길로 들어섰다. 5월에 두번째 미국 여행을 떠나 뉴욕, 워싱턴 등 동부 지역의 여러 도시를 돌아보았다.

1995년 62세 민족문학작가회의 시분과 위원장으로 추대되어 전국 순회 시낭송회를 개최했다. 3년 동안 전주·대전·청주·밀양·영동·제천 등 여러 도시를 순회하며 서울에 있는 시인들과 지방에서 활동하는 문인들과의 문학적인 교류에 힘썼다.

1996년 63세 여섯번째 시집『유사(流沙)를 바라보며』가 창작과비평사에서 나왔다.

1997년 64세 청소년을 위한 역사 설화집『고려 이야기』1·2권을 창비 아동문고 158, 159호로 간행했다.

1999년 66세 두번째 수필집『나의 길』이 동학사에서 나왔다.

2000년 67세 민족문학작가회의 부회장으로 추대되었다.

2001년 68세 일곱번째 시집『해 지기 전의 사랑』이 시와시학사에서 나왔다.

2002년 69세 역사 인물 전기『충무공 이순신』을 창비 아동문고 197호로 간행했다.

2003년 70세 당시(唐詩) 번역서『비단 버선 신은 발이 밤새도록 시립니다』를 동학사에서 냈다.

2004년 71세 월북 작가 상허(尙虛) 이태준 선생의 문학비를 강원도 철원군 대마리에 세웠다. 시선집『달밤』이 창비에서 나왔다.

2007년 74세 여덟번째 시집『방울새에게』가 실천문학사에서 나왔다.

2009년 76세 6월 1928년까지 국내에서 활약하다가 소련으로 망명한 포석(抱石) 조명희 선생의 문학비를 찾아서 러시아 여행을 떠났다. 블라지보스또끄 극동기술대학 교정에 세워진 문학비 제막식에서 그의 시「짓밟힌 고려」를 낭독했다.

2012년 79세 평론집『격변의 시대의 문학』이 도서출판 푸른사상에서 나왔다.

2013년 80세 아홉번째 시집『새벽에 눈을 뜨면 가야 할 곳이 있다』가 창비에서 나왔다.

2017년 84세 5월 육십여년간 써온 시를 모은『민영 시전집』이 창비에서 나왔다.

민영 시전집

초판 1쇄 발행 / 2017년 5월 22일

지은이 / 민영
펴낸이 / 강일우
책임편집 / 박지영 박문수
조판 / 박아경
펴낸곳 / (주)창비
등록 / 1986년 8월 5일 제85호
주소 / 10881 경기도 파주시 회동길 184
전화 / 031-955-3333
팩시밀리 / 영업 031-955-3399 편집 031-955-3400
홈페이지 / www.changbi.com
전자우편 / lit@changbi.com

ⓒ 민영 2017
ISBN 978-89-364-6037-2 03810